長編小説

わが家は淫ら妻の溜まり場

草凪 優

目次

※この作品は竹書房文庫のために
書き下ろされたものです。

第一章　帰らない人妻

1

四月は始まりの季節である。

この春、地元北海道にある私立大学を卒業した勝又浩太郎《かつまたこうたろう》は、かねてから念願だった東京の会社に就職した。ベンチャー企業というか零細企業というか、社員が三十人ほどしかいない化粧品メーカーだが、はっきり言って上京することさえできればどんな会社でもよかった。

生まれ育った土地も大学があったのも田畑ばかりがひろがっている片田舎《かたいなか》だったので、都会に対する憧れが人並みはずれて強かったのである。

（やっぱすげえな……）

毎朝ＪＲ有楽町駅から会社のある銀座方面に向かって歩くたびに、感嘆の溜息がもれる。高級ブランドの路面店や立派すぎるビル群に感嘆しているわけではない。歩いている女が、綺麗な人たちばかりであることに身震いせずにはいられないのだ。

念願叶《かな》って上京を果たした浩太郎が、いま最大のテーマにしていることは恋人をつくることだった。銀座を歩いているような綺麗な人と恋に落ち、あちこちデートして都会暮らしを満喫したい。

もちろん、田舎にだって美人はいた。素顔の造形美だけを競えば、都会の女にも勝てそうな人だって何人かいたが、彼女たちは化粧をしない。デパートコスメなんて使ったことがないだろうし、カリスマ美容師に髪を整えてもらうこともなければ、装《よそお》いだって野暮《やぼ》ったい。

恋人にするならそういうタイプではなく、ヘアやメイクもばっちり決めて、垢抜《あかぬ》けた服を颯爽《さっそう》と着こなしている女がよかった。地元ではさっぱりモテなかったルサンチマンがそんな思いを抱かせているのかもしれないが、「綺麗」というのは総合力なのである。いくら素材がよくたって、磨いたり飾ったりしなければ宝の持ち腐れ。その点、銀座で働いているような女たちは、浩太郎の理想にぴったりだった。

街で見かけるだけではない。

浩太郎の勤めている会社は半分以上が女性社員で、誰もがとびきり綺麗なのだ。化粧品メーカーだから、当然メイクはばっちりだし、オフィスカジュアルのラフな格好をしていても、田舎のデート着くらいのポテンシャルがある。

中でも、浩太郎の新人研修を担当してくれている、早乙女菜々子《さおとめななこ》は社内で一、二位を争うほどの超絶美人だった。

最初に会ったとき、顔の小ささにとにかく驚かされた。色は白く、眼鼻立ちは端整で、ストレートの長い黒髪はいつだって艶々《つやつや》と輝いている。

歳は二十六と若いのだが、仕事ができる人のようで、営業部の次期エースともっぱらだった。商談に同席することが多いから、オフィスカジュアルではなく、いつもエレガントなタイトスーツ姿だし、磨きあげられた黒いハイヒールに埃《ほこり》がついているのさえ見たことがない。

浩太郎とはデスクを並べて仕事している。年の差はたった三歳なのに菜々子はずっと大人に見えるし、絵に描いたような高嶺《たかね》の花ぶりに一日中緊張していなければならない。綺麗の圧《あつ》が強すぎて、全身がカチンコチンに固まり、パソコンを操作する手が震えてしまうことも珍しくなかった。

「……ふうっ、疲れた」

夕刻、会社の入っているオフィスビルから出てくると、浩太郎はいつだって安堵の溜息をつく。

まだ研修中の身なので、とくに疲れる仕事を任されているわけではない。自社製品のラインナップを頭に叩きこんだり、ユーザーからのメールに眼を通したりしているだけなのだが、隣が菜々子というだけで平常心ではいられない。

なにしろ、上京前に夢見ていた理想の女そのものなのだから、それもしかたがないかもしれない。それにしたっていつまでも極端に緊張していては情けないし、菜々子だってこちらの扱いに困るだろう。

（女に慣れてないのが、いけないいんだろうなあ……）

帰路の電車に揺られながら、モテなかった自分の半生をしみじみと振り返った。

田舎でモテる男子はまずスポーツマン、そしてヤンキーだろう。学業優秀な知性派や、まわりから一目置かれる特殊な趣味の持ち主などがそれに続くが、浩太郎はそのどれにもあてはまらない平凡な男子だった。男同士でつるむことも好まず、ひとりでいることのほうが多かったから、学校のような場所で目立った存在になれるはずもない。よく言えば孤独を愛するタイプだが、悪く言えば人見知りのコミ障というか、残念な「ぼっち」なのである。

就活時の面接では、「学生時代にいちばん熱心に打ちこんだことはなんですか？」と訊ねられることがなによりもつらかった。本当は生まれてこの方熱心に打ちこんだことなどひとつもないのに、「パソコンは人並み以上に詳しいと思います」などと適当なことを答えていた。

いちおう、自作パソコンを組みあげる程度の知識はあるのだが、廉価《れんか》に仕上げたそのマシンでやってることは、主にエロ動画の鑑賞および収集……。

(見た目は平凡で、特技のひとつもなく、綺麗なおねえさんとすれ違っただけでドキドキしちゃう田舎者だからな。これじゃあ恋人なんかできないよ……)

自宅のあるＪＲ大久保駅で電車を降りた。新大久保方面に向かえば、焼肉屋や韓流スターのグッズを売っている店が軒を連ねてかなり賑やかだが、裏道を少し入っていくと、静かな住宅街になっている。

浩太郎が住んでいるのは、そこにある木造二階建ての一軒家だった。築年数が二十年を超えているとはいえ、場所がいいので普通に借りたら月に二十万円以上はしそうな物件である。

大学を卒業したばかりの新入社員にそこまで高額な家賃を払えるはずがないし、そもそもひとり暮らしに一軒家は広すぎる。この家は東京に住んでいる伯父さんの持ち家で、定年退職したのを機に夫婦で緑が多い郊外のマンションに引っ越してしまって、空き家だったのである。

「家は住んでないとダメになるって言うじゃない？」

伯母さんに上京を報告する電話を入れると、そんなふうに切りだされた。

「わたしたちはもう、あの家に戻る予定はないんだけど、思い出の多い家だから、売ってしまったり、赤の他人に貸してしまうのはちょっとねえ……浩太郎くんが住んでくれるなら、お家賃なしで貸してあげるけど、どうかしら？」

浩太郎にとっては願ってもない提案だったので、思わず踊りだしてしまいそうになった。

「マジですか？　本当にタダであの大久保の家に住めるんですか？」

「家電や家具も残してあるから、使ってちょうだい。一から揃えたら、けっこうな散財になるでしょ」

「本当に？　嬉しいなあ。一生分の幸運を使ってしまったんじゃないかなあ。宝くじに当たったような気分ですよ」

「そのかわり、掃除はきちんとしてよ。ゴミ屋敷になんてしたら承知しないから」

「もちろんです。なんの取り柄もない僕ですが、掃除はけっこう好きなほうですから、ご安心ください」

そんな経緯で、浩太郎は４ＬＤＫの一軒家を無料で借りられることになったのである。古い木造住宅とはいえ、中はしっかり手入れされていたし、なにより二十畳近くある開放感満点のリビングがあって、広々としたソファや大型テレビ、掘りごたつまで残っていた。

浩太郎はこの掘りごたつが好きで、もう春だというのに布団を掛けたままにしている。電気を入れて温めなくても、布団に足を突っこんでいるだけで気分がなごむ。内装は洒落《しゃれ》た洋風なのに掘りごたつがあるなんて、なんとも気が利いていて家の中でいちばんのお気に入りだ。

（……えっ？）

家の前まで来て、アンティークふうの鉄製門扉を開けようとしたときだった。玄関扉の前でしゃがみこんでいる人影が見えたので、浩太郎は動けなくなった。

あたりは静かな住宅街とはいえ、盛り場に隣接している。東洋一の歓楽街と言われる新宿歌舞伎町までだって、歩いて十数分しかかからない。決して治安がいいとは言えない土地柄ゆえ、「戸締まりだけはしっかりしなさい」と伯母には何度も念を押されていた。

（なっ、なんなんだ……）

息をとめて、様子をうかがった。玄関前の人影は体育座りのような感じで膝を抱え、顔を伏せていた。自動センサーのついた玄関灯ではないので、あたりは暗く、性別すらわからない。

酔っ払いが道に迷って休憩しているのだろうか？　そうだとしても、門扉を開けて玄関前まで入るだろうか？　他人の家の敷地内に入れば不法侵入になるから、普通は路上で休憩するのでは？

警察に通報したほうがいいかもしれない、とポケットを探ってスマホを取りだそうとしたときだった。

「……浩《こう》ちゃん、久しぶり」

人影に声をかけられ、浩太郎はビクッとした。

（女の声、だよな……）

恐るおそる様子をうかがっていると、人影が突然立ちあがったので、浩太郎は尻餅をついて転んだ。

2

人影の正体は麻沙美《あさみ》だった。結婚しているので名字が変わっているはずだが、旧姓は浩太郎と同じ勝又である。

浩太郎にとってはいとこにあたり、もともとこの家に住んでいた伯父さん一家の長女だ。八歳年上だから、三十一歳になっているはずだった。

「うわあっ、懐かしい……」

浩太郎が玄関扉の鍵《かぎ》を開けると、麻沙美は我先にと家にあがり、遠い眼をしてリビングを見渡した。

「わたしがこの家を出たのは二十四歳のときだから、七年ぶりかぁ。結婚してから、お盆やお正月も全然帰ってこなかったからなあ……」

麻沙美の夫は商社マンなので海外赴任が多く、最近になってようやく夫婦で日本に帰ってきた、と母が言っていたような気がする。

「いったいどうしたんですか？　突然……」

浩太郎はうろたえながら訊ねた。どこ吹く風でソファに腰をおろした麻沙美は、昔から美少女だった。童顔で眼が大きく、いわゆるアヒル口だから、アニメに出てくるヒロインのようだ。三十一歳の人妻となったいまも、その可愛らしさは健在で、淡いピンクのアンサンブルがよく似合っている。

だが、騙されてはいけない――嫌な予感に胸がざわめく。可愛い顔をしていても、性格までは可愛くないのが麻沙美なのである。

いまはもうそんなことはなくなってしまったが、浩太郎が小学校に入学するかしないかの時期には親戚付き合いも盛んで、浩太郎は両親に連れられてこの家に遊びにきたことが三回ほどある。

そのたびにいじめられていた。男と女とはいえ、小学校一年生と中学校二年生くらいの年齢差があれば、体格も腕力も彼女のほうがはるかに上で、男の股間を足蹴にする「電気アンマ」を何度もかけられた。一度など、庭に出したビニールプールで水遊びをしているとき、海水パンツを強引に脱がされ、小指の先ほどのペニスを笑いものにされた。

いまとなってはいい思い出、と言えないこともないが、人間の本性なんてそう簡単には変わらない。三つ子の魂百まで、というやつである。

「あのさあ……」

麻沙美が素っ気ない口調で切りだしてきた。

「急な話で申し訳ないんだけど、わたししばらく、この家に住むから」

「ええっ？　はあ？」

浩太郎は驚愕のあまり、素《す》っ頓狂《とんきょう》な声を出してしまった。

「浩ちゃん、この家タダで借りてるんでしょう？」

「そうです。伯父さんと伯母さんのご厚意で……」

「うちの親たちが死んだら、この家はわたしとお兄ちゃんで相続することになるわけ。つまりわたしは未来の大家……いとこの浩ちゃんから家賃までとろうとは思わないけど、わたしにもこの家に住む権利があるってこと。わかるわよね？」

伯父さんや伯母さんが亡くなるのは二、三十年先だろうし、まだ相続していないのだから権利まではないのではないか、と浩太郎は思ったが、指摘できる雰囲気ではなかった。

「いや、あの……麻沙美さん、家があるんですよね？　ご主人は一流企業の商社マンらしいし、さぞかし住み心地のいい……」

「タワーマンションの三十二階よ」

「だったら……」

「住み心地はいいけど、帰りたくないの」

「どっ、どうして？」

「皆まで言わせる気？　夫と喧嘩したからに決まってるでしょ。今度という今度は本当に頭にきた。顔も見たくないから家出よ」

「いっ、家出？」

いい歳してなに言ってるんだ、とはさすがに言えない。

「だいたい、いくらいとこ同士でも、男と女がひとつ屋根の下で暮らすのはまずいでしょ。麻沙美さん、人妻なんだし、外聞が……」

「だったら、浩ちゃんがどっか行けばいいじゃない」

麻沙美はプイッと顔をそむけた。

「僕に行くあてなんてあるわけないじゃないですか。まだ上京してきて一カ月も経ってないんですよ。友達だっていないし……」

「じゃあ、黙って一緒に住めばいいでしょ。部屋だっていっぱいあるし、いとこ同士で男と女とか意識するほうがキモいわよ」

麻沙美はソファから立ちあがり、仁王《におう》立ちになって睨《にら》みつけてきた。体格差は、かつてとはすっかり逆転していた。麻沙美はどちらかと言えば小柄なほうで、身長一五五センチくらい。浩太郎は一七八センチある。

だが、力関係は昔とまるで変わらなかった。麻沙美に強気な態度で迫られると、浩太郎は蛇《へび》に見込まれた蛙《かえる》になるしかない。

「すっ、すいません……ちょっとお手洗い。恥ずかしながら、駅からずっと我慢してたもんで、ハハハ……」

力ない笑みを残して、トイレに駆けこんだ。尿意が差し迫っているわけではなかった。扉を閉めるとすかさずスマホを取りだし、伯母に電話をかけた。

「あら、浩ちゃん、お元気？　東京暮らしにはもう慣れた？　北海道に比べると、人が多くて大変でしょう？」

「いやいや、その……東京暮らしは問題ないんですけど、いまうちに麻沙美さんが来てまして」

「あら、そう。あの子もいいところあるわね。浩ちゃんのこと心配して、様子を見にいってくれたのかしら」

「そうじゃなくて、家出してきたからこの家に住むって……」

「やだ、もう。また夫婦喧嘩」

伯母の口調はどこまでも楽しげで、浩太郎の焦りなど微塵も伝わっていないようだった。

「いつものことなのよ。あの子、せっかく顔が可愛いのに、プライド高いし、勝ち気すぎるから困っちゃう。海外にいたときだって、『もう離婚してやる！』って何度電話してきたことか……」

「そうなんですか？」

「そうよう。でも、二、三日するとケロッとしてるから、少しだけ泊めてあげてちょうだいな。浩ちゃん、子供のころ麻沙美にすごく懐《なつ》いてたから平気でしょ」

「いっ、いやあ……」

浩太郎は苦りきった顔で唸るしかなかった。麻沙美に懐いていた記憶などいっさいないし、伯母になにかを期待するのも無理なようだった。麻沙美をうまいこと説得して、自宅に帰らせてくれると思ったのに……。

3

リビングに戻ると、麻沙美が掘りごたつに入って瓶ビールを飲んでいた。

「そっ、それはっ……そのビールはっ……」

浩太郎は声を上ずらせた。

「ああー、冷蔵庫に入ってたから一本もらったわよ。あなた、顔に似合わず、洒落たもん飲んでるのね」

浩太郎は涙ぐみそうになった。麻沙美が飲んでいるのは、かなり奮発して買ったベルギー製クラフトビールの最後の一本だった。冷蔵庫には安売りをダース買いしてきた発泡酒だって入っているのに、いちばん高価なものを当然のように飲んでしまうなんて、こういう態度だから夫婦喧嘩が絶えないのではないだろうか？

「突っ立ってないで、座れば」

「はあ……」

浩太郎は力なくうなずき、まずは冷蔵庫から発泡酒を取った。発泡酒だって悪くはないが、クラフトビールとの味の差は値段の差がそのまま反映されている。掘りごたつに入ってプルタブを開け、冷えた発泡酒を喉に流しこむと、深い溜息がもれた。

（タダより高いものはない、ってことか……）

伯母からこの家の無料提供を提案されたときには、宝くじにでもあたったような気分になったけれど、世の中そんなに甘くないのだ。家賃を払っていない以上、この程度のトラブルは涼しい顔で受けとめなければならない——頭ではわかっていても、感情が追いつかなかった。麻沙美がこの家に居座っている間はきっと、下僕のような扱いを受けることになるだろう。

「このビール、本当においしいわね」

麻沙美はクラフトビールをあっという間に飲み干すと、とんでもないことを口にした。

「ちょっとご機嫌直ってきたから、今夜は盛大に酒盛りしましょうか。さっきキッチンのぞいたら、パパ秘蔵のワインがたくさんあったし」

「いやいやいや……」

たしかに、この家のキッチンにはワインセラーが設置されているし、その中には何十本ものヴィンテージワインが保管されている。

「あのワインは飲んだらダメって言われてるんです。セラーの扉を開けるのも厳禁だって……伯父さんの宝物らしいですけど、自宅に置いておくと飲んじゃいそうだからって、わざわざこの家に……」

「二、三本飲んだってわかりゃしないわよ。だいたいね、ワインなんて飲むために醸造されてるの。コレクションしてるだけなんて意味ないのよ」

「そうかもしれませんが、飲むなと言われてるものを飲んだから、約束を破ったことになるわけで……それは人としてどうなんでしょう？」

「なによ」

麻沙美が横眼でジロリと睨んできた。

「せっかくおいしいビール飲んで機嫌がよくなってきたのに、どうして苛々《いらいら》させるようなこと言うわけ？　パパが怒ったらわたしがなだめてあげるから、浩ちゃんは黙ってご相伴《しょうばん》にあずかってればいいの」

「ううう……」

浩太郎は唇を噛《か》みしめた。

「じゃあ、本格的に飲む前に、わたしちょっとシャワー浴びてくる」

掘りごたつから出て、軽快な足取りでバスルームに向かう麻沙美の後ろ姿を眺めながら、浩太郎は唇を噛みしめつづけた。たとえ彼女が怒った伯父さんをなだめてくれたところで、浩太郎が約束を破った事実に変わりはないのだ。

（ちくしょう、どうしてこんなことに……）

上々なすべりだしだった東京暮らしなのに、麻沙美のせいですべてが滅茶苦茶になりそうだった。ガランとしたリビングでひとりうなだれていると、次第に怒りがこみあげてきた。

百歩譲って、ほんの数日間、この家で過ごすのはいい。いい歳をして家出なんて褒められたものではないだろうが、麻沙美には麻沙美の言い分もあるのだろう。

しかし、あの上から目線の偉そうな態度はいったいなんなのだ？　赤の他人ではない親戚縁者なのだから、もっとしおらしくしていればこちらだって気を遣《つか》うのに、クラフトビールは勝手に飲むわ、ワイン泥棒の片棒は担がされそうだわ、ちょっと許しがたい無法者ぶりである。

（こうなったら……こうなったら……）

こちらも強気な態度に出て、しっぺ返しをするしかないと思った。浩太郎だってもう、やすやすと電気アンマをかけられていた小学生ではないのだ。大の男を怒らせるとどうなるか、思い知らせてやらなければ……。

発泡酒を飲み干し、掘りごたつから出てスーツの上着を脱いだ。バスルームからは、シャワーの音がかすかに聞こえていた。そちらに向かって一歩、二歩……抜き足差し足で進んでいく。

のぞいてやろうと思った。

かつて美少女だった麻沙美は、いまもその面影を残した可愛い顔をしている。その一方、スタイルは少女時代からずいぶんと変わっていた。背丈はやや低いものの、バストとヒップがボリューム満点で、三十一歳の人妻らしい色気を振りまいている。偉そうな態度をされたお返しに、こっそりヌードでも拝ませてもらわなければ気がすまない。

この家は建て売りではなく凝った造りの注文住宅だから、随所に伯父や伯母の好みが反映されていた。中でもバスルームは高級ホテルのようなガラス張りで、脱衣所の扉をちょっと開けただけで簡単にのぞけるし、直接バスルームの扉を開けるわけではないから、バレにくいという利点もある。

(そっちが悪いんだからな。久しぶりに会ったっていうのに、偉そうに自分勝手なことばっかり言いやがって。こっちには昔いじめられた恨みだってあるんだから、のぞかれるくらい当然の因果応報だよ……)

自分に言い聞かせるように胸底《きょうてい》でつぶやき、脱衣所のドアノブをつかんだ。鍵はついているものの、予想通りかかっていなかった。麻沙美はこちらを異性として意識していないから、かけていないと思っていたのだ。

物音をたてないように注意しつつ、二センチほど扉を開けた。ガラス越しに、肌色の裸身が見えた。白い湯気が立っているが、眼を凝らしてよく見れば、垂涎《すいぜん》のボディラインを視線でなぞることができた。

（すっ、すげえな……）
ごくり、と浩太郎は生唾《なまつば》を呑みこんだ。バストは眼を見張るほどたわわに実ってい
たし、ヒップの肉感も負けず劣らず、太腿《ふともも》のむっちり具合だって衝撃的と言っていい。
しかし、それらは着衣の上からでもある程度わかっていたことだった。麻沙美のヌー
ドを拝んでいちばん驚いたのが、蜜蜂のようにくびれた腰だった。腰がしっかりと引
き締まっているから、乳房やお尻もセクシーに際立って見える。
（若いころなら、グラビアアイドルにでもなれたんじゃないか？）
可愛い顔して巨乳、というのがグラビアアイドルの王道なら、麻沙美はまさしくそ
れだった。子供のころから芸能界のような浮ついた世界には興味がないようだったが、
もしグラビアアイドルになっていれば、日本中のモテない男子たちを大いに慰《なぐさ》めてい
たに違いない。
なにしろ、三十一歳になったいまも、お肌はつるつるにしてピカピカで、湯玉をは
じきそうだった。手入れを怠《おこた》っていないのだろうが、そこに熟れた人妻の色気も加わ
っているから、いまの麻沙美はグラビアアイドルよりはるかにいやらしい。髪をアッ
プにまとめているので、後《おく》れ毛《げ》も妖《あや》しいうなじが見える。そのあたりから、人妻の濃
厚なフェロモンを発散させているようだった。
（たまらんっ……たまらないよ、これはっ……）

浩太郎は熱くなった股間を押さえた。麻沙美のヌードを拝んだ瞬間から、痛いくらいに勃起していた。勃起をすれば射精したくなるのが二十代前半の健康な男子であり、にわかにそわそわと落ち着かない気分になる。

とはいえ、この場でオナニーするのはためらわれた。見つかるのが怖いというのもあるが、そこまでするのはさすがに人としてどうなのかと思ったからだ。

となると、穴が開くほど麻沙美の裸身を凝視して、いやらしすぎるボディラインを瞼《まぶた》の裏に焼きつけるしかない。そのうえで二階の自室に駆けこみ、ベッドにもぐりこんでオナニーすればいい。

自分の鼻息が荒くなっていくのを感じながら、扉をもう少し開いてみる。五センチほどまで開き、視界をしっかりと確保した。麻沙美はこちらを向いているわけではなく、横顔を向けてシャワーを浴びている。見つかるリスクもないわけではないが、脱衣所とバスルームの間にはガラスの仕切りがあるから、脱衣所の外にいるこちらの気配までは察しにくいはずだ。

（うおおおおおーっ！）

不意に麻沙美がこちらを向いたので、浩太郎は内心で叫び声をあげた。見つかったわけではなく、ただ単に向きを変えただけのようだった。

股間に陰毛がなかった。肌の手入れに余念がない彼女は、ＶＩＯもすっかり処理済みということらしい。ＡＶ女優も最近はパイパンの子が多くいるが、可愛い顔をしてボンッ・キュッ・ボンッ、のダイナマイトボディを誇る麻沙美の股間が真っ白でつるつるとなると、いやらしさは五倍増、いや十倍増である。

（みっ、見えてるっ！　見えてるじゃないか……）

真っ白い股間には、割れ目の上端がしっかりと確認できた。くすみを帯びたアーモンドピンクの花びらが、ほんの少しだけ恥ずかしげに顔をのぞかせている。さらに、麻沙美はガニ股になって股間を洗いはじめた。どんな美人だって股間は洗うものだろうし、洗う姿は無防備にして滑稽《こっけい》なものだろう。だが、股を開き、腰を落とし気味にして陰部を洗う衝撃的な光景に、浩太郎は身震いがとまらなくなってしまった。

（エッ、エロいっ！　エロすぎるだろっ！）

気がつけば、五センチほど開けた脱衣所の扉に、顔面を押しつけていた。顔に痕《あと》が残りそうな勢いで押しつけながら、中腰になって両手で股間を押さえている。滑稽というなら、こちらのほうがよほど滑稽な姿になっていたが、そんなことはどうだっていい。

次の瞬間、麻沙美と眼が合った。視線と視線がぶつかりあって、火花を散らしたような気がした。

「ちょっとっ！　なにやってんのっ！」

怒りも露《あら》わな恐ろしい怒声が、ガラス越しにもはっきりと耳に届いた。

4

麻沙美がバスルームから出てきた。

よほど怒り心頭に発しているらしく、髪もアップにまとめたままだったし、体にバスタオルを巻いただけの格好で、脱衣所の外まで飛びだしてきた。

「見損なったわよ、浩ちゃん。あなた、いとこの裸をのぞき見るような卑劣な男だったの？　それって人間のクズよ、クズ！」

「いっ、いやあっ……」

浩太郎はこわばりきった顔で首をかしげた。

「のっ、のぞきなんてしてませんよ。たまたま前を通りがかっただけで……」

バスルームにいた麻沙美と眼が合っているのだから、のぞいていたのは火を見るよりもあきらかな事実だった。そんなことは百も承知だったけれど、ここはとぼけきるしかないだろう。

「麻沙美さんが悪いんじゃないですかねえ……脱衣所の扉をきちんと閉めてなかったから……」

「はあ？　閉めたに決まってるでしょ！　わたし乙女座のA型で、性格がとっても几帳面なんだから」

「そうかもしれませんが、猿も木から落ちるってことわざもありますし」

「ずいぶんふてぶてしくしらばっくれるじゃないの。のぞいてないっていうなら、それはなによ？」

麻沙美が指差したのは浩太郎の股間だった。スーツのズボンの生地は薄く、もっこりした男のテントが丸わかりになっていた。

「こっ、これはっ……」

浩太郎はあわてて股間を両手で隠した。

「いや、あの、べつに興奮してこうなってるわけじゃなくて……僕、もともとペニスが人並みはずれて大きいんですよ。ただそれだけのことですから……」

「本当かしら？」

訝《いぶか》しげに眉をひそめた麻沙美の眼に、邪悪な光が灯った。

「だったら見せてみなさいよ。人並みはずれて大きなものを」

「そっ、それはっ……」

浩太郎は焦った。もちろん、人に自慢できるほどビッグサイズなわけがないし、そもそもまだ勃起がおさまっていないのだ。

「見せてみなさいっ！」

驚いたことに、麻沙美は浩太郎の足元にしゃがみ、下半身にむしゃぶりついてきた。浩太郎が抵抗しようとしてもおかまいなしにベルトをはずし、ズボンのファスナーをさげていく。

「大丈夫よ。見るだけだから安心しなさい。わたし人妻だし、浩ちゃんのこと男だなんて思ってないから……ほらっ！　手ぇ離してっ！」

「あああーっ！」

ズボンごとブリーフをずりさげられてしまい、浩太郎は情けない悲鳴をあげた。もうおしまいだと思った。勃起が見つかれば、のぞき犯であることも確定されてしまうだろう。そうなれば、もうここには住んでいられない。明日からは漫画喫茶に寝泊まりしつつ、安アパートを探さなければならない。

「キャハハ、なにこれ」

麻沙美がいきなり破顔した。浩太郎の股間を指差しつつ、腹を抱えて笑いだした。

浩太郎には一瞬、意味がわからなかった。自分の股間に眼をやると、顔から血の気が引いていった。すっかり忘れていたが、浩太郎は陰毛をすべて処理したパイパンなのである。

浩太郎が勤めている化粧品メーカーでは、このところ男性化粧品の商品ラインナップにも力を入れていた。

「あなたも使ってみて、感想を教えてね」

早乙女菜々子から、出社初日に試供品を貰った。浩太郎はヒゲも薄いしニキビもできづらい体質なので、それまで男性化粧品にまったく興味がなかった。しかし、社内の男の先輩をよく見てみると、三十代、四十代でも肌がつやつやにしてピカピカだった。そんな中年のおじさんを、田舎では見たことがない。

「女にモテたかったら、まずは肌のお手入れからだよ」

先輩のひとりに諭《さと》された。

「男は顔の造形よりも清潔感、整形よりも肌のお手入れ。最初は照れくさいかもしれないが、やってみると意外にいいもんだぞ。筋トレと一緒で、成果がひと目でわかるからね」

女にモテると言われれば拒否する選択肢はないし、そもそも試供品を使って感想を伝えるのも仕事である。使いはじめてまだ二、三週間だが、たしかに顔の肌がプルプルしてきた気がする。

「肌をお手入れする習慣がついたら、次は下の毛の処理だな。脱毛サロンに行くのが手っ取り早いが、予算が必要だからな。まずはうちで出してる脱毛クリームを使ってみるといい。おしゃれは見えないところからって言うだろ？　パイパンになったら清潔感が何ランクもあがった気がして、気分がいいぞ」

先輩に勧められるまま脱毛クリームで陰毛を一掃したのが三日前のこと。たしかに快適だったが、自分がパイパンであることを常に意識しているわけではないので、完全に油断していた。

「これどうしたの？　サロンに行ったわけ？」

「いえ……自社製品の脱毛クリームを使って……勧めてるのが、小さな化粧品メーカーなんですよ」

「ふうん。クリームにしてはきれいな仕上がりね。感心しちゃうな」

「よろしければ試供品を差しあげます。たくさんありますから」

化粧品談義を交わしつつも、浩太郎の顔は燃えるように熱くなっていた。愛する女にしか見せてはいけない勃起したペニスを、それも陰毛というガードすらない状態でさらけだしているなんて、極限の恥辱と言っていい。

麻沙美には小学生のときに海水パンツを脱がされたことがあるけれど、いまさらけだしているのは大人の男性器官である。しかも臍《へそ》を叩く勢いで反り返り、鈴口から我慢汁さえ噴きこぼしている。

「あっ、あのう……」

浩太郎は足元にしゃがんでいる麻沙美に恐るおそる声をかけた。

「そろそろズボンを穿いてもいいでしょうか？」

「いいわけないでしょ」

麻沙美は反り返ったペニスを睨みつけながら、尖《とが》った声で答えた。

「あなたはいとこのわたしをいやらしい眼で見ていたうえ、のぞいてないって嘘をついたのよ。江戸時代だったら、打ち首獄門じゃないかしら」

「そっ、そんなぁ……勘弁してくださいよぉ、ほんの出来心だったんです……」

「犯罪者が言うおきまりの台詞《せりふ》ね。勘弁するわけないでしょ」

「ぼぼぼっ、僕はもうこの家から出ていきますから、それで許して……」

「出ていってどうするのよ？」

「安いアパートを探します」

「甘いわね」

麻沙美はすっくと立ちあがり、眼を据わらせた怖い顔を息のかかる距離まで近づけてきた。

「東京都内、しかも通勤便利な場所に昔ながらの安アパートなんてないのよ。あってもとっくに誰かが住んでる。となると、都心まで片道二時間くらいかかるド田舎に住むか、鳥小屋みたいな狭いワンルームに家賃十万とか払うしかないわけ。あなた、お給料から毎月十万も消えてなくなってもいいの？　ここに住んでいればタダなのに」

「いっ、いったいどうしろと？」

浩太郎はすがるように訊ねた。

「そうねえ……」

麻沙美の眼つきがにわかにいやらしくなった。瞼を半分落とし、黒い瞳を潤ませたので、浩太郎の息はとまった。

「あなたがのぞきを反省して、わたしにしっかりお詫びをするっていうなら、ここに住んでてもいいんだけどなあ……」

「はっ、反省します！　お詫びだって、なんでも……」

「ふうん」

麻沙美の眼つきがますますいやらしくなっていく。

「パイパン同士のセックスって、とっても気持ちいいんだってね」

「はっ？」

浩太郎は困惑に顔をこわばらせた。

「邪魔な毛がないから性器と性器がぴったりフィットして、それはそれはたまらない快感らしいのよ。やったことないの？」

浩太郎はぶんぶんと首を横に振った。パイパン同士のセックスどころか、こちらは清らかな童貞なのだ。

「夫に何度も言ったんだけどね。アンダーヘアなんて邪魔なだけだから処理したほうがいいって……でも、古くさい頭の人だから聞く耳もってくれないんだな、これが。でも、わたしはやってみたいわけよ。パイパン同士のセックスを」

「まっ、まさか……僕とですか？」

「他に誰がいるっていうのよ」

「いや、でも……それはさすがに……」

「はあ？　お風呂場のぞいて勃起してたくせに、まさかわたしじゃ相手にとって不足ありって言うんじゃないでしょうね？」

麻沙美が体に巻いていたバスタオルを取った。たわわに実った乳房と真っ白い股間が露わになり、浩太郎のペニスは釣りあげられたばかりの魚のようにビクビクと跳ねた。

5

ふたりで二階への階段を昇っていった。

（どうしてこんなことに……）

浩太郎はまな板の鯉になった心境で、自室の扉を開け、シングルベッドに横たわった。他の部屋にも寝具はあるが、ベッドにシーツを掛けていなかったり、布団を干していなかったりするので、すぐに使えるのはこのベッドだけだった。

「狭いわね……」

麻沙美は憎々しげに唇を歪めつつ、けれども人妻のフェロモンをむんむんと漂わせながら、一糸まとわぬ裸身を寄せてきた。ひとつにまとめていた長い髪をおろし、それを妖艶《ようえん》に掻《か》きあげた。

麻沙美によれば、パイパン同士のセックスはとても気持ちがいいらしい。そんな話は聞いたことがないし、そもそも浩太郎にはセックスの経験自体がないのだ。加えて、麻沙美とはいとこの関係。いとこ同士は結婚できるらしいから、それほど血は濃くないのかもしれないけれど、幼いころから知っている親戚縁者なのである。もちろん、夫だっているのだから、セックスなんてしていいはずがない。

（なに考えてるんだよ、まったく……）

ここから先の展開を考えると戦慄がこみあげてくるが、浩太郎にはもはや、逃げだすという選択肢はなかった。

通勤に片道二時間かかるド田舎の安アパートでの生活は、大変そうだがなんとか我慢できるかもしれない。

だがそうなると、この家を出ていく理由を伯父さんや伯母さんに説明しなければならないのだ。仮に浩太郎がなにも言わなくても、麻沙美が告げ口するに決まっているし、そういう話はすぐに両親にも届くだろう。

いとこの裸をのぞいたことがバレれれば、伯父さんや伯母さんに合わせる顔がなくなるうえ、両親からは勘当されるかもしれない。当たり前だが、のぞきのごときハレンチ行為に手を染める卑劣漢に、やさしくしてくれる大人なんていない。

（麻沙美さんの言いなりになるしかない、ってことだな……）

浩太郎は、暗色の諦観《ていかん》が胸いっぱいにひろがっていくのを感じた。だが、その一方で、ぴったりと身を寄せてきている麻沙美の存在が鼓動を激しく乱していく。見るからにつやつや、ピカピカの白い肌は、シャワーを浴びたせいでほんのりと温かく、甘い匂いが漂ってくる。

（それにしてもエロい体だな……）

浩太郎の理想のタイプとはちょっと違うけれど、顔立ちは三十一歳とは思えないほど可愛いし、ボンッ・キュッ・ボンッ、のグラマーボディには、男の夢がぎっしり詰まっているようだ。

「わたしね……」

不意に麻沙美が甘い声でささやいてきた。

「若いころからモテモテで、ベッドの上ではいつだってお姫さま扱いされてきたのよ。

男の人たちはみんなやさしかったし、わたしだってお淑《しと》やかに愛されてたわけ……でもね、女も三十を超えると、もっと激しいエッチがしたくなってくるものなの。自分が好きなようにリードして、年下の男を滅茶苦茶に翻弄《ほんろう》したいっていう欲望が芽生えてくるのよねえ……」

嘘だろ、と浩太郎はこめかみに冷や汗を流した。AVで熟女ものや痴女ものを観るのは嫌いではないが、実際に翻弄されるとなると恐怖しか覚えない。これが童貞喪失の初体験になるのだから、できるだけ平穏に済ませたいが……。

「おおうっ!」

浩太郎はのけぞって声をあげた。麻沙美が勃起したペニスを握りしめ、すりすりとしごきたててきたからだった。握り方もしごく力も自分でするよりずっと弱かったが、快感は何倍も強く、体の芯に電流が走り抜けていく。

「やっぱり若いってすごいのね。まだなんにもしてないのにすっごい硬い。カチンコチンじゃない」

ペニスをしごきながらこちらを見ている麻沙美の眼が、妖しく輝く。舌なめずりさえしそうな表情が怖すぎて、浩太郎は震えあがるばかりだ。

(たっ、頼むよ、麻沙美さんっ……お願いだからやさしくしてっ……)

情けない心の声が届くはずもなく、麻沙美は上体を起こし、浩太郎の両脚の間に移動した。四つん這いになってこちらの股間に顔を近づけ、パイパンのペニスをつかんでこちらを見てくる。

「舐《な》めてあげるね……」

甘ったるい声でささやくと、ピンク色の舌を差しだして亀頭の裏から舐めはじめた。ペロリ、ペロリ、とソフトクリームでも舐めるように舌を動かし、亀頭に唾液の光沢を与えていく。

「おおおっ……おおおっ……」

浩太郎は悶え声をもらし、身をよじった。童貞の男で、フェラチオに憧れていない者はいない。浩太郎など、性器の結合そのものよりも強く興味を惹《ひ》かれていたくらいだが、それにはひとつ条件がある。

相手が美人であることだ。性格がいい女と顔がいい女――どちらがいいかは男にとって永遠のテーマに違いないが、後者が優勢なのはフェラチオのせいではないかと思っているくらいである。

その点、麻沙美は素晴らしかった。美人というより可愛いタイプであるものの、三十一歳の人妻にして、美少女アニメのヒロインのようなのだ。そんな彼女に、上眼遣《うわめづか》いで見つめられながら亀頭をペロペロ舐められていると、ペニスが限界を超えて硬くなっていく。芯からカチカチに勃起して、熱い脈動を刻みだす。

「……ぅんあっ！」

麻沙美はさらに、唇をいやらしいOの字にひろげて、亀頭をぱっくりと頬張ってきた。男の体の中でもっとも敏感な部分を生温かい粘膜で包みこみ、口内でねろねろと舌を動かしてくる。可愛い顔を上下に振りたてて唇をスライドさせ、カリのくびれをこすりたてる。

「おおおっ……おおおおっ……」

浩太郎は必死で耐えていた。少しでも気を抜けば、体が勝手にジタバタと暴れだしてしまいそうだった。

（なっ、なんて気持ちがいいんだよ……）

生まれて初めて味わうフェラチオは、想像をはるかに超えていた。舌や唇の感触が気持ちいいのはもちろん、どちらも本当によく動く。人妻の本性をまざまざと見せつけるように、「むほっ、むほっ」と鼻息を荒らげてしゃぶりあげてくる。しかもその顔がどこまでも可愛らしいから、興奮せずにはいられない。

とはいえ、興奮しすぎるのも問題だった。自慰しか知らない二十三歳には、三十一歳の人妻の口腔奉仕は刺激的すぎた。

（こっ、このままじゃ暴発しちゃうよ……）

歯を食いしばってこらえようにも、こらえるためのスキルがない。次第に、暴発してしまってもかまわないような気がしてきた。口内に男の精をぶちまけられた麻沙美は激怒するだろうが、そんなことさえどうでもよくなっていく。射精がしたくてしたくて、いても立ってもいられなくなっていく。

「あっ、あのうっ……」

滑稽なほど上ずった声を麻沙美にかけた。

「きっ、気持ちよすぎて出ちゃいそうなんですけどっ……出してもいいですか？　このまま出しても？」

ひと言かけておけば、口内ではないところで射精させてくれるだろうと期待した。三十一歳の人妻には、それくらいのテクニックはあるはずだった。本当は口の中で思いきりぶちまけたいが、激怒されるよりはずっといい。

だが麻沙美は、

「ダメよ、まだ出しちゃ」

ひどく冷たい口調で言った。

「わたしはパイパン同士でエッチしたいの。オチンチンとオマンコが、ぴったりくっつく感覚を味わいたいのよ」

口にしてはいけない言葉を口にしつつ、すりすりとペニスをしごいてくる。浩太郎が声をもらして悶絶すると、冷ややかな笑みを浴びせてくる。

「若いから何回だってできるでしょうけど……やっぱり最初の一回が、オチンチンいちばん硬いものね」

麻沙美は四つん這いのまま前進し、浩太郎の腰にまたがってきた。騎乗位の体勢である。

「ううう……うううっ……」

浩太郎は唇をぶるぶると震わせて、麻沙美を見上げていた。ドクンッ、ドクンッ、と高鳴る鼓動が痛いくらいに胸を叩き、恥ずかしいほど息がはずんでいる。

（いっ、いよいよっ……童貞を奪われるのかっ……）

相手がいとこの人妻というのがちょっと情けないが、そんなことなどどうでもよくなるくらい、浩太郎は興奮していた。いとこの人妻で性格は悪くても、麻沙美は可愛い顔をしている。スタイルだってグラビアアイドル並みにグラマーだ。相手にとって不足はない。

6

麻沙美はいきなり結合してこなかった。

浩太郎の腰の上にまたがっているのだが、反り返ったペニスの裏側に股間をぴったたりと密着させていた。

（こっ、これがっ……オッ、オマンコの感触かっ！）

ペニスの裏側に感じているヌメヌメした柔肉を意識すると、浩太郎の息はとまった。フェラチオも気持ちよかったが、舌や唇は性器ではない。いまペニスの裏に感じている部分こそ、正真正銘、セックスのための器官なのである。

「んんっ……」

麻沙美が上体を起こすと、ふたつの胸のふくらみが前に向かって迫《せ》りだしているのがよくわかった。

（すっ、すごい巨乳だっ……巨乳すぎるっ……）

ゆうにＧカップはありそうな量感に、浩太郎は圧倒された。ＡＶ女優でも巨乳を誇るタイプが多いが、動画ではないから生々しさがすごい。薄茶色の乳輪は大きめで、その中心で乳首が尖っている。

（触ってもいいのかな？　モミモミしても……）

興奮に鼓動を乱しきっている浩太郎を制するように、麻沙美が動きだした。腰を前後に動かしているが、性器と性器はまだ繋《つな》がっていない。いったいなにをやっているのだろうと呆気にとられたが、すぐにペニスの裏側にいやらしすぎる刺激が訪れた。麻沙美はペニスの裏側に、ヌルリッ、ヌルリッ、と女の割れ目をこすりつけてきたのである。

（こっ、これはっ………素股というやつでは？）

一瞬にして、意識が巨乳から股間に移った。ファッションヘルスなどの風俗店で、結合せずに性器をこすりあわせるだけのプレイを「素股」と呼ぶらしい。浩太郎は風俗に行ったことがないから詳細はわからなかったが、フェラチオとはまた違うヌルヌル感に男の本能を揺さぶられた。

しかも、お互いにパイパンなので、麻沙美にまたがられているペニスがよく見える。麻沙美が腰を引くと、彼女の真っ白い股間から鬼の形相になっている亀頭が顔を出す。ヌルヌルの割れ目でペニスの裏側をこすられるほどに、恥ずかしいほど我慢汁が噴きこぼれる。

「あああっ！」

麻沙美が情感あふれる声をあげた。

「もう欲しいっ……浩ちゃんのオチンチン、オマンコに入れたいっ……でもね、あわてて快感を追求するのは残念なセックスなの。自分も相手もたっぷり焦《じ》らしてから、一気にギアをあげたほうが気持ちいいんだから……」

持論を展開しながら、麻沙美は腰を動かしつづける。ＡＶ女優が騎乗位で見せる腰振りよりも、ずっとおとなしく、遠慮がちだ。

とはいえ、麻沙美が自分の言葉を実践していることは、ありありと伝わってきた。おとなしく遠慮がちな腰使いで、自分を焦らし、こちらも焦らしている。さらに言えば、彼女はエネルギーを溜《た》めこんでいる。やがて爆発させるための、エロスのエネルギーを……。

「ああっ、ダメッ！　もう我慢できないっ！」

麻沙美は叫ぶように言うと、腰を浮かせてペニスに手を添えた。先端を濡れた花園に導いて、結合の準備を完了させた。

「いっ、いくわよ……」

ピンク色に染まった可愛い顔をこれ以上なくこわばらせて、麻沙美は言った。こみあげる欲情と淫らな期待にまみれた、いやらしすぎる表情でこちらを見下ろしていた。浩太郎にできることは、黙ってうなずくことだけだった。息をとめて、大人の階段を昇る瞬間を待ち構える。

「んんんーっ！」

麻沙美が腰を落としてきた。ずぶっ、と亀頭が割れ目に埋まる感触がして、浩太郎はのけぞった。首にくっきりと筋を浮かべて、ずぶずぶとペニスが割れ目に咥《くわ》えこまれていくのを受けとめた。

「くぅうううぅーっ！」

麻沙美ものけぞり、くぐもった声をあげる。腰を最後まで落としきると、ぶるぶるっ、ぶるぶるっ、と裸身を小刻みに打ち震わせた。

浩太郎にできることは、なにもなかった。童貞を捨てたという実感もはっきりもてないまま、呆けたように麻沙美を見上げていた。思ったよりも結合感がゆるい、というのが嘘偽《いつわ》らざる感想だった。

(こっ、これがっ……これがセックスなのか？)

そうではないことは、すぐに思い知らされた。セックスはまだ始まったばかりで、浩太郎はなにもわかっていなかった。

「んんんっ……んんんんっ……」

麻沙美が腰を動かしはじめた。先ほど素股をしていたときと同じ、股間を前後にスライドさせるような動きだった。おとなしく遠慮がちなのも同じだったが、すぐにピッチがあがっていき、股間をしゃくるような、いやらしすぎる腰使いへと変わっていった。

「ああっ、いいっ！　パイパン同士のエッチ、よすぎるぅーっ！」

麻沙美は叫び、腰使いをさらに激しくした。まるで乗馬でもしているかのように前後に腰を振って、股間をこすりつけてくる。パイパン同士の結合感を嚙みしめては、せつなげに眉根を寄せたエロティックな表情を見せる。

（すっ、すげえなっ……）

浩太郎は完全に圧倒されていた。腰振りや表情もいやらしかったが、麻沙美が激しく動くと、ふたつの胸のふくらみがタプタプと揺れはずんだ。ただでさえ魅惑的な巨乳が動きを伴い、扇情《せんじょう》的になっていく。

（いいんじゃないか？　今度こそおっぱいを揉んでも……）

浩太郎の両手は巨乳を揉みしだきたくてうずうずしていたが、またもや麻沙美の動きに制された。

「んんんっ……」

いったん腰を動かすのをやめると、片膝を立てた。もう片方の膝も立て、浩太郎の腰の上でM字開脚を披露したのである。

（うっ、うおおおおーっ！）

浩太郎は眼尻が切れそうな勢いで眼を見開いた。バスルームで見たガニ股もいやらしかったが、M字開脚はさらにその上を行く。男の本能を揺さぶりたてる、最強に卑猥なポーズである。

しかも、お互いにパイパンだから、結合部も丸見えだ。

「ああんっ、視線感じちゃう……」

麻沙美はひどく恥ずかしそうに言った。わざとらしかったが、二十三歳の童貞を惑わせるには充分すぎるほどセクシーだった。

「知ってる？　男の視線が女を綺麗に磨くのよ。だから見て……わたしのエッチなところ、もっとよく見てえええっ……」

言いながら、スクワットするように股間を上下に動かしはじめた。女の割れ目を唇のように使い、勃起しきったパイパンペニスをしゃぶりあげてくる。アーモンドピンクの花びらが肉棒に吸いつき、発情の蜜がべっとりとなすりつけられる。

「ああっ、いいっ！　いいわあっ！　浩ちゃんのオチンチン、とってもいいっ！　たまらないっ！」

麻沙美はひとしきり股間の上下運動を繰り返すと、再び前後運動に腰使いを変えた。両脚をM字にひろげたままペニスを深く咥えこみ、股間をぐりぐりとこすりつけてきた。

（いっ、いやらしいっ！　いやらしすぎるだろ、麻沙美さんっ！）

貪欲かつ浅ましい麻沙美の腰使いに、浩太郎は唖然とした。ＡＶ女優ではないのだから、ここまで大胆なことをしないでもいいのではないかとさえ思った。

あるいは、男と女の営みとは、これが普通なのだろうか？　ＡＶは鑑賞用の作品であり、大胆なプレイや過剰な反応は演出だと思っていたが、みんなこんなことをやっているのか？

混乱しきりの浩太郎をよそに、麻沙美はあられもなく乱れていく。M字開脚の前後運動がツボに嵌《は》まったらしく、陶然《とうぜん》とした表情でよがりによがる。

「ああっ、あたるっ！　いちばん奥にあたってるっ！　密着感もすごいっ！　こんなの初めてっ……こんなの初めてよおおおーっ！」

ピンク色だった可愛い顔が真っ赤に染まり、汗が浮かんでテラテラと輝きだした。表情もかなりくしゃくしゃで、もはや発情を隠そうともしない。

そうなると、浩太郎も冷静ではいられなかった。了解もとらないまま両手を麻沙美の胸に伸ばし、ふたつのふくらみを揉みしだいた。ずっしりした量感も、そのくせ簡単に指が沈みこむ柔らかさも、たまらなくいやらしかった。しかも、胸を揉まれている麻沙美も感じているようだ。

「ああっ、もっとっ！　乳首も触ってっ！　痛いくらいにひねりあげてっ！」

求められるまま、左右の乳首をひねりあげると、

「はっ、はぁうううううーっ！」

麻沙美は甲高《かんだか》い声をあげてのけぞった。

「イッ、イクッ！　もうイッちゃうっ！　イッてもいい、浩ちゃん？　わたしイッてもっ……はっ、はぁあああああーっ！」

疑問形で訊ねてきても、麻沙美はこちらの返答などまるで期待していないようだっ

た。

「イクイクイクッ！　はぁあああーっ！　はぁあああああーっ！」

呆れるほど大きな声をあげて、麻沙美はビクンッ、ビクンッと腰を跳ねさせた。汗ばんだ裸身を激しくよじらせ、しつこいまでに股間をこすりつけながら、オルガスムスに駆けあがっていった。

第二章　居候のお礼に

1

翌日、浩太郎はいつもより二時間も早く家を出た。

もちろん、麻沙美と顔を合わせたくなかったからで、物音を立てないように細心の注意を払って玄関まで行き、扉を開けた。

苦手な通勤ラッシュから免《まぬが》れられたのはよかったものの、午前六時台の銀座の街はまだ静かで、会社の鍵も渡されていなかったから、しかたなく二十四時間営業のファーストフード店に入った。

「ふうっ……」

ガランとした店内の片隅に腰をおろすと、深い溜息がもれた。いつもならスマホでゲームでもして時間を潰すのだが、そんな気にもなれない。あまりおいしくないコーヒーをチビチビ飲みながらぼんやりしていると、脳裏に浮かんでくるのは当然のようにゆうべの出来事だった。

「イッ、イクッ！　またイクッ！　またイッちゃうううううーっ！」

パイパン同士のセックスがよほどツボに嵌まったのか、麻沙美は数えきれないほど絶頂に達した。おそらく十回近くイッたのではないだろうか。数が多かっただけはなくイキッぷりもすさまじく、その姿はまさに淫獣。ＡＶ女優も凌ぐほどの乱れ具合で、肉の悦《よろこ》びをむさぼり抜いた。

浩太郎も激しく興奮した。よがる麻沙美は普段の偉そうな態度が嘘のようにハレンチで、恥知らずだった。いまにも白眼を剝《む》きそうなこんな顔を人様に見せていいのだろうか、と首をひねりたくなるほどいやらしかった。

と同時に、絶頂に達すると肉穴がペニスを食い締めてきた。オルガスムスの痙攣《けいれん》も結合部を通じて生々しく伝わってきて、自慰では絶対味わえない快楽を味わえた。男が女をイカせたがる理由がわかった気がした。

しかし、麻沙美があまりに激しくイキまくるので、浩太郎はその迫力に圧倒されてしまい、なかなか射精に至れなかった。

ゴムを着けない生挿入だったから、射精寸前に結合をとき、外に発射しなければならないというプレッシャーもあった。うまくやってのける自信は一ミリもなかった。

しかも、女が上になっている騎乗位なのである。

「どうしたの？　若いくせにまだ出さないの？」

ハアハアと息をはずませながら、麻沙美が訊ねてきたので、

「そっ、それがその……」

浩太郎は口ごもりながら答えた。

「きっ、気持ちいいんですけど……もしかしたら無理かも……」

「ふうん」

麻沙美は意味ありげに濡れた瞳を輝かせた。

「浩ちゃん、オナニーばっかりしてるんでしょう？」

「えっ？　そっ、そんなことありませんよ……」

浩太郎は眼を泳がせながらとぼけた。

「嘘ばっかり。オナニーばっかりしてる男の子は、セックスで射精できなくなるって、最近ネットニュースで読んだもん。手で握る力のほうが強いから、オチンチンが馬鹿になっちゃうんだって」

浩太郎は言葉を返せなかった。正確には、オナニーばっかりしているのではなく、オナニーしかしたことがないのだが、性器と性器をこすりあわせる刺激に慣れていないのは事実である。

「まあ、いいわよ。わたしもたくさんイッて満足したし、浩ちゃんのことも気持ちよくしてあげないと、可哀相《かわいそう》だもんね」

麻沙美は腰を浮かせて結合をとくと、浩太郎の上からおりた。横側から身を寄せ、熱く火照《ほて》っているグラマーボディをぴったりと密着させてきた。

（ちっ、近いっ……近いぞっ……）

横並びの体勢になれば、自然と顔と顔とが接近する。麻沙美の可愛い顔は生々しいピンク色に染まり、オルガスムスの余韻がはっきり残っていた。吐息の甘い匂いまで、なんだかいやらしく感じられるくらいだった。

「おおうっ！」

ペニスをぎゅっと握りしめられ、浩太郎はのけぞった。

前戯でも握られたり、しごかれたりしたが、いまのいままで女の肉穴の中に埋まっていたペニスは、ひどく敏感になっていた。おまけに麻沙美が漏《も》らした発情の蜜でネトネトになっているから、軽くしごかれただけで身をよじるほどの快感が押し寄せてくる。

「オナニー大好きな浩ちゃんは、こうしたほうがイキやすいでしょ？」

ささやきながら、麻沙美はじわじわとペニスをしごくピッチをあげていく。

「ぼぼぼっ、僕はべつに、オナニー大好きってわけじゃ……」

浩太郎は顔から火が出そうなほど恥ずかしかった。性格はともかく、顔もスタイルも抜群な女とセックスしていたのに、フィニッシュが手コキというのは、かなり情けない展開である。

とはいえ、童貞のペニスは手コキの刺激にはやはり慣れていて、たまらなく気持ちよかった。しかも、人妻の手つきはいやらしく、ペニスは天然のローションまみれ。セックス中は射精できる気がしなかったけれど、これならば出すことができそうだった。しかも……。

「ねえ、浩ちゃん。キスしよう」

麻沙美はペニスをしごきながら唇まで重ねてきた。親愛の情を示す軽いキスではなく、いきなり浩太郎の口の中に舌を入れてきた。

「むぐっ……むぐぐっ……」

舌と舌をからめあわされると、眼を白黒させてしまった。ディープキスというのは、こんなにも刺激的でいやらしいものなのかと感動した。ヌメヌメ、ヌメヌメ、と舌をからめあっていると、うっとりしてしまった。もちろん、麻沙美は手コキを続けているから、うっとりしながら興奮するという新たな感覚を味わえた。

そこまではよかったのだが……。

「こっちにもキスしてあげるね」

麻沙美が乳首に唇を押しつけ、吸ったり舐めたりしはじめると、うっとりしている場合ではなくなった。

男の乳首がこんなにも感じるのかと驚愕したのも束の間《つかま》、ペニスも敏感になって、にわかに射精欲がこみあげてきた。乳首とペニスを同時に刺激されると、快感が何倍にもふくれあがり、悶絶することしかできなくなった。

「でっ、出ちゃいますっ！　そんなにしたら出ちゃいますううーっ！」

悶え声をあげながら、滑稽なほど身をよじった。顔が熱くてしかたなく、脂汗《あぶらあせ》にまみれていることがはっきりわかった。しかも、くしゃくしゃに歪んでいる。あまりの快感に顔を歪ませずにはいられない。

まるでイクときの麻沙美みたいだ、と思った瞬間、強烈な羞恥心がこみあげてきたが、どうすることもできないまま、浩太郎は白眼を剝いて男の精を爆発させたのだった。

あまりの恥ずかしさに、賢者タイムを満喫することなどできず、部屋を飛びだしてバスルームに向かった。熱いシャワーを浴びて体は多少すっきりしたが、気持ちはどんよりしたままだった。

自室に戻ると、麻沙美はいなくなっていた。この家には他にも部屋が三つあるから、そのうちのどこかで寝ているのだろうと思った。

男女の淫臭がありありと残っている布団にくるまっても、浩太郎はなかなか眠りに落ちることができなかった。明日の朝、どんな顔をして麻沙美に会えばいいか、まったくわからなかったからである。

2

「ふううっ……」

夕刻、会社の入っているオフィスビルから出てくると、浩太郎はいつもより深い溜息をついた。

今日は一日が途轍《とてつ》もなく長かった。朝は二時間も前に家を出たし、会社に行ってからは隣のデスクの菜々子が気になってしようがなかった。

緊張して眼も合わせられないのはいつものことだが、浩太郎は昨日までの浩太郎ではなかった。セックスを知り、大人の男になってしまった。

菜々子にそのことを見透かされたらどうしようと、一日中そわそわと落ちつかず、その一方で菜々子も大人の女なのだから、ベッドに入れば麻沙美のように乱れるのかもしれないなどと妄想を逞《たくま》しくしては、勃起しそうになって自分で自分の太腿をつねったりしていた。

しかも、一日はまだ終わっていない。

今日は金曜日、せっかくの週末だというのに、家に帰ってのんびり風呂に入り、発泡酒を飲みながらリラックスタイムを過ごすことなど、麻沙美がいる限り不可能なのだ。世の中には孤独を嫌う人も多いが、浩太郎はひとりの時間を大切にしたいタイプなのである。

(もう帰っててくれないかなあ。伯母さんの話じゃ二、三日でケロッとするらしいけど、ってことは明日か明後日までの辛抱か……)

彼女がただ寝泊まりしているだけなら、一週間や二週間は辛抱できたかもしれない。だが、麻沙美はただ寝泊まりしているだけの女ではない。

成熟した大人の女は、ゆきずりの男と一発やったくらいのことはすぐに忘れてしまうという説があるが、麻沙美はそういうさっぱりしたタイプではないような気がする。人妻の手コキに悶絶し、女のようなよがり顔を披露しながら射精したことを、延々とからかわれそうな予感がする。

もちろん、こちらにしても麻沙美の恥ずかしいところをたっぷり拝んだわけだが、それを指摘することはできないだろう。よけいなことを言ったら最後、ブチキレられるのは眼に見えている。

JR大久保駅で電車を降りると、一瞬足がとまった。ゲームセンターにでも寄って深夜まで時間を潰してから帰ろうかとも思ったが、やはり思い直して自宅に向かって歩きだした。

どうにもこうにも、麻沙美のことが気になってしかたなかったからだ。ゆうべの件についてからかわれるかもしれないけれど、そうではない可能性も捨てきれなかったのだ。

麻沙美だって子供ではないのだから、今日一日冷却期間を置いたことで、冷静に話ができるかもしれないのである。

浩太郎の理想の展開は、たとえばこんな感じだった。

「ねえ、浩ちゃん。お互いゆうべのことは忘れましょう。わたしたちいとこ同士だし、わたしには夫もいるし……」

「そうですね。全部なかったことにして記憶から抹殺します」

「ひとつだけ断っておくけど、わたしは誰とでも寝ちゃうような尻の軽い女でもなければ、欲求不満の人妻でもないですからね」

「わかってますって」

そういう会話があれば、多少の気まずさが残っても、あと二日くらいはひとつ屋根の下で暮らしていくことができるだろう。お互いがお互いに干渉せず、顔を合わせても挨拶する程度のライトな関係。そういうふうになってくれれば……。

ところが、自宅に帰った浩太郎を待ち受けていたのは、想像もしていなかった光景だった。

「なっ、なにやってるんですか？」

訊ねる声も上ずってしまった。リビングにある掘りごたつで、女が三人、酒盛りをしていた。ひとりは麻沙美で、残りのふたりも麻沙美と同世代だ。

「おかえりー」

つまらなそうに声をかけてきた麻沙美は、完全に眼が据わっていた。テーブルの上には、ワインボトルが三本置かれ、すでに二本は空になっていた。まさか伯父さん秘蔵のヴィンテージワインじゃ……。

「この子は浩ちゃん。いとこの浩太郎」

麻沙美はやはりつまらなそうに、女ふたりに浩太郎を紹介した。さらに、女ふたりを浩太郎にも紹介してくれる。

「彼女は玲香《れいか》で、そっちは俊恵《としえ》。ふたりとも大学の同級生」

「はあ……よろしくお願いします」

浩太郎はわけがわからないまま頭をさげた。

玲香と呼ばれた女はブルーのワンピースを清楚に着こなし、黒眼がちな眼が印象的な、元深窓の令嬢といった雰囲気の人だった。左手の薬指に指輪をしているから人妻だろう。

俊恵は顔も体つきもふくよかで、ひっつめ髪に洗いざらしのスウェットパーカー姿――いかにも子育て奮闘中という感じである。あとで知ったことだが、実際に二児の母らしい。

「なに突っ立ってるんのよ、浩ちゃん。あなたも一緒に飲みましょう」

「いや、あの……そのワインは……」

「おいしいわよ、パパ秘蔵のヴィンテージ」

やっぱり、と浩太郎は泣きたい気分になった。共犯者にならないためには、この場から逃れる以外になかったが、

「ほら、キッチンから自分のグラス持ってきて座りなさい」

麻沙美にそう言われると逆らうことができず、キッチンからグラスを持ってきて掘りごたつに入った。麻沙美が注いでくれたワインはなるほど極上の味と香りだったが、それがよけいに罪悪感を強めて胸が痛む。

「こたつっていいわよねえ」

俊恵がしみじみした口調で言った。

「いったん入ると出られなくなるから、うちには置かないことにしてるけど、日本人だからやっぱりなごむわあ」

「昔、カナコのアパートにあったじゃない？」

玲香が柔和な笑みを浮かべて言うと、他のふたりも破顔した。

「あった、あった。溜まり場になってた目白《めじろ》のアパートでしょ」

「わたし、あのこたつに入りたくてカナコのとこ行ってたもん」

「わかる。海外いたとき、こたつが恋しくてしょうがなかったからなあ」

「べつに電気を入れなくてもいいのよね」

「そうそう」

「カナコの部屋でこたつに入って、ずーっとおしゃべりしてたもんね。当時はお酒なんか飲まずに、お茶だったけど」

「わたし、大学時代いちばんの思い出の場所かも」

「わかる。やっぱりいいのよ、こたつのある溜まり場」

「じゃあ、これからはうちを溜まり場にすればいいじゃない」

麻沙美の言葉に、浩太郎はのけぞりそうになった。

「しばらく家には帰らないつもりだし、今回は離婚も辞さないつもりだから、そうなるとここがわたしの家、溜まり場大歓迎だから」

冗談じゃないぞ、と浩太郎の体は小刻みに震えだした。自宅が人妻の溜まり場になってしまったりしたら、こちらがまったく寛《くつろ》げないではないか！

「あらもう、こんな時間……」

俊恵がスマホで時刻を確認すると、

「そろそろ帰ってごはんつくらないと、ダンナも子供たちもお腹すかせてる……久しぶりに楽しい時間を過ごしたから長居しちゃった。また遊びにくるね」

立ちあがり、そそくさと帰っていった。

(家があるなら、家で楽しい時間を過ごせばいいじゃないか。なんなんだ、この人たちは？　こっちはここしか居場所がないんだぞ……)

浩太郎は恨みがましい気分で高級ワインをチビチビ飲んでいた。その傍《かたわ》らで麻沙美と玲香は楽しげにおしゃべりを続けていた。どうでもいいような芸能人のスキャンダルについてだったので、浩太郎は会話に参加しなかった。虚《うつ》ろに眼を泳がせながらワインを飲みつづけた。

すると、リビングの片隅に大きな紙袋が五つも置かれているのが眼にとまった。いずれも有名な家具量販店のロゴが入っている。

「なんですか、あれ？」

浩太郎がなんの気なしに訊ねると、

「ああー、この家シーツも布団カバーも古いのばっかりだったから買ってきたの。ついでによさげな枕やカーテンまで買ったから、けっこうな荷物になっちゃった」

麻沙美が歌うように答えた。

(二、三日しかいないのに、新品のシーツ? 枕にカーテン?)

浩太郎は内心で首をかしげた。しかも、それにしたって、買物の分量が多い。枕やカーテンまで買ったにしても、大きな紙袋五つは……。

「言い忘れてたけど、今日から玲香もこの家に住むから」

麻沙美が言ったので、

「えっ?」

浩太郎は驚愕に眼を見開いた。玲香を見ると、ニコニコと優雅に笑っている。

「部屋あまってるんだし、べつにいいでしょ。あなたに迷惑はかけないわよ」

「いっ、いやあ……」

なるほど、家具量販店で買い求めてきたのは、ひと部屋分ではなく、ふた部屋分だったというわけか……。

それにしても、麻沙美ひとりでももてあましていたのに、さらに初対面の人妻まで住人として加わるというのは、滅茶苦茶な話だった。あなたに迷惑はかけないと言われても、知らない人と一緒に住むのは、それだけで多大なストレスである。

「あっ、あのう、玲香さん……」

浩太郎は震える声で訊ねた。

「左手の薬指に指輪してますし、ご結婚なさってるんですよね？　つまりご自宅があるわけで、なぜわざわざ……」

「そういうの、皆まで言わせるなって言ったでしょ！」

麻沙美がぴしゃりと遮った。鬼のような眼つきで睨みつけられた浩太郎は、質問の続きを口にできなかった。

（つまり……麻沙美さんと同じ夫婦喧嘩か……）

理由はともかく、大の大人が家出なんて子供じみたことをするなよと思ったときだった。麻沙美の前に置かれていたスマホが電話の着信音を鳴らした。

「……なんなの？」

麻沙美は舌打ちでもしそうな忌々《いまいま》しげな顔で液晶画面を睨みつけると、スマホを持って立ちあがり、廊下に出ていった。

「いまさらなんの御用かしら？」

尖った声が聞こえてきて、浩太郎は身をすくめた。それ以上なにを言っているかは判然としなかったが、激しく口論しているようだった。時折、麻沙美の怒鳴り声が聞こえてきて、浩太郎はビクッとした。

「……ちょっと夫に会ってくる」

電話を切ってリビングに戻ってきた麻沙美は、怒り心頭の表情で吐き捨てるように言った。

「話しあいがしたいらしいから、今日という今日は決着つけてやるわよ。離婚も辞さないつもりだから、帰ってきたらわたしの独身復帰祝いで乾杯しましょう」

そう言い残して、スタスタとリビングから出ていった。

3

浩太郎と玲香のふたりきりになったリビングには、まるで海底にいるかのような重苦しい沈黙が訪れた。

麻沙美にとっては同級生でも、浩太郎にとっては初対面。おまけにこちらはかなりの人見知り——仕事となれば割りきって会話もするが、プライヴェートでは相変わらずコミュ障「ぼっち」なままなのである。

そのうえ、玲香はこちらの気持ちを察していそうだった。麻沙美と違って、図々しく無神経な性格ではないのだろう、自分が「招かざる客」であることをわかっているから、彼女自身もひどく気まずそうだ。

「男と女って難しいわよねえ……」

玲香はやたらとエレガントな手つきでワイングラスをまわしながら、問わず語りに話を始めた。

「麻沙美のところも大変そうだけど、うちも……離婚になりそう。これ以上は我慢の限界だし、我慢するために生まれてきたわけじゃないし……」

「ごっ、ご主人がきつい人なんですか？」

黙っているのも苦痛だったので、浩太郎は訊ねてみた。

「ううん、夫はいい人よ。超がつくほどね。問題は……うちは夫の両親と同居してるんだけど、姑《しゅうとめ》が困った人でねえ……料理の味つけから、掃除の仕方から、いちいち難癖つけてきて、毎日息がつまりそう……」

「そうなんですか……」

浩太郎は心から同情した。麻沙美が夫と喧嘩ばかりしているのは、彼女の性格が勝ち気すぎるせいだと思うが、玲香はそういうタイプには見えない。ウエイブのかかった長い黒髪に色白の瓜実顔《うりざねがお》、ブルーのワンピースを清楚に着こなして座っている姿は、そこに百合《ゆり》の花が咲いているようなのである。「淑やかな大人の女」を絵に描いたような人だと言っていい。

「結婚って大変ですよね……」

浩太郎は溜息まじりに言った。

「ご主人がいい人でも、その母親までいい人かどうか、結婚前にはわからないじゃないですか？」

「そうね」

うなずいた玲香は、内心で怒りを噛みしめているようだった。麻沙美のようにケンケン怒らないぶん、内側に溜めこんだ怒りの質量は強く大きいのかもしれない。

「姑のなにがいちばん許せないかっていうとね……」

玲香はくるくるまわしていたワイングラスをピタッととめ、ひと口飲んだ。グラスの縁《ふち》についた口紅を、親指でそっと拭《ぬぐ》ってから続けた。

「なにかっていうと、孫が欲しい、孫が欲しいって、しつっこいの。『子供を産まない嫁ってどうなのかしら？』とか、人前でわたしに向かって言うのよ。『孫の顔を見れないままあの世に行くのだけは勘弁してもらいたいわねえ』とか……わたしはなにもね、女は子供を産む機械じゃないとか、そういうことを言いたいわけじゃないの。こっちだって、産めるものなら産みたいわよ。二十四歳で早々に結婚したのだって、ママが老けてたら子供が可哀相だから、できるだけ若いうちに子供を産みたかったからなのに……」

浩太郎は顔をひきつらせて玲香の話を聞いていた。言葉を継ぐほどに、玲香がいまにも泣きだしそうな顔になっていったからである。

「でも、子供なんてできるわけないのよ。セックスレスで、どうやって子供ができるっていうのよ。夫はいい人だけど……やさしいし、穏やかだし、見た目だってスマートだけど、セックスが好きじゃないの。ううん、たぶんはっきり嫌悪してるわね。結婚して半年くらいで、『こういうのもうやめていい？』ってベッドの中で言われたんだもの。彼にとっては、女を抱くより、オンラインゲームとかしてるほうが、よっぽど気持ちいいみたい。世の中にはいろんな人がいるから、それも個性のひとつだろうって、わたしは一生懸命自分に言い聞かせた。でも……でも……わたしってものすごくみじめじゃない？」

玲香の黒眼がちな眼からついに大粒の涙がこぼれ落ちたので、浩太郎は激しくうろたえた。

「なっ、泣かないでくださいよ……」

「放っておいてちょうだい。わたしは姑に、何度言ってやろうとしたことか。子供ができないのはわたしのせいじゃなくて、おたくの息子がセックスを大嫌いだからって……言えなかった。やさしい夫をそんなことで傷つけたくなかったから……でも、もう限界……いまの生活を続けていると、頭がおかしくなりそう……」

いよいよ嗚咽《おえつ》までもらし、ボロボロと涙をこぼしはじめた。いままで溜めこんでいたものを――もしかすると友達の麻沙美にさえ言えなかったことまで、吐きだしてしまったのかもしれない。涙を見せたことでタガがはずれてしまったか、玲香は少女のように手放しで泣きじゃくりだした。

「ひっ……ひっ……わたし、実家にも帰れないの。ひっ……ひっ……兄夫婦が同居しててて、子供が三人もいるから、わたしが帰っても居場所がなくって……」

「なっ、泣かないでっ……泣かないでくださいっ……」

浩太郎は掘りごたつから出て、玲香の背中をさすった。号泣しているせいで、ひどく熱くなっていた。

玲香はいくらなだめても泣きやむことがなく、そのうち、

「うわあっ！」

と声をあげ、浩太郎に抱きついてきた。玲香は華奢《きゃしゃ》な体つきだったので、受けとめるのは難しくなかった。しかし、元深窓の令嬢という風情の三十一歳の人妻にすがりつかれていると、同情とは別の感情がむくむくとこみあげてきてしまった。

（こんな綺麗な人がセックスレスなんて、世の中間違ってる……）

浩太郎の理想は、タイトスーツにハイヒールで銀座や丸の内を闊歩《かっぽ》しているキャリアウーマンタイプだ。玲香はそれとは違うけれど、三十一歳になってもお嬢さまの面影を残し、所作や着こなしも洗練されていて、誰が見ても美人というに違いない。田舎ではお目にかかったことさえない、都会的な美人だ。

（セックスくらい、したかったらいくらでもできるだろうに……人妻じゃなくて独身

なら、目の前に男が行列をつくるんじゃないか……）

もちろん、そうであることを玲香自身がよくわかっているから、我が身を「みじめ」と嘆き、泣きじゃくっているのだろう。彼女ほど美しい人なら、いまとは違う選択肢が絶対にあった。しかも結婚当時は二十四歳だったというから、若さまでもちあわせていたのである。

玲香は時間を巻き戻したくてしようがないはずだ。別の男と結婚していれば、意地悪な姑にいびられることなどなく、セックスレスに悩まされることもなくて、いまごろ子育て奮闘中だったと思っているのではないだろうか。

とはいえ、いくら後悔したところで、時間を巻き戻すことができないのが、この世の理《ことわり》である。

「もう泣かないでください、玲香さん……この家にしばらくいてもいいですから……麻沙美さんと三人で楽しくやっていきましょう……」

浩太郎にできるのは、もはやそんなふうに慰めてやることだけだった。本音を言えば、ひとり暮らしに戻りたくてしかたなかったが、玲香も玲香でこの世に居場所をなくしている。そういう女に手を差しのべなくては、男がすたるというものだ。

「いいの？　本当にいいの？」

玲香が涙に濡れた無防備な顔を向けてくる。先ほどまでのエレガントさが消え、少女のように無垢《むく》な表情だ。

「わたしみたいな赤の他人が居候《いそうろう》して、邪魔じゃない？」

「大丈夫です。気持ちが落ちつくまで、いくらだっていてください」

浩太郎が力強くうなずくと、

「じゃあ、眼をつぶって」

玲香がそっとささやいてきた。意味がわからなかったので、浩太郎はすぐに眼をつぶることができなかった。

「早く眼をつぶって」

涙に潤んだ瞳で迫られると拒否することもできず、そっと瞼をおろしていく。

次の瞬間、唇になにかがあたった。驚いて眼を開けると、玲香の顔がすぐそこにあった。キスをされていた……。

「なっ、なにをするんですか？」

浩太郎はあわてて唇を離したが、いつの間にか玲香の両手が首の後ろにまわっていて、体まで離すことはできなかった。

「わたしには、これくらいしかお礼ができないから……」

恥ずかしそうにもじもじしながら、玲香は言った。

「いやいやいや、お礼なんていいですから。困ってる人を助けるのは、人として当然ですから……」

「そんなこと言わないで。心づくしのお礼を受けとることだって、人として当然じゃないかしら？」

考えようによってはまともな意見に聞こえなくもないが、玲香は言いながら浩太郎の股間をまさぐってきた。股間のイチモツは、半勃起状態だった。口には絶対に出せないけれど、美しい彼女の泣き顔が妙にそそったからである。

「ダメッ！　ダメですからっ！」

拒絶を口にし、身をよじっても、玲香は体を離してくれず、ふたりで絨毯《じゅうたん》に転がった。玲香は横から身を寄せる格好で、右手で股間をまさぐりつづけた。撫でたりさすったり、時にぎゅっと握りしめたり。

「ぬおおおっ……」

浩太郎は野太い声をもらした。そこまでされれば、フル勃起状態はもう目前。股間に張っている男のテントが、恥ずかしいほど大きくなっていく。

手指による刺激だけが、その原因ではなかった。玲香の黒眼がちな眼は、涙にねっとりと潤んでいた。その涙はもう、我が身を憂《うれ》う悲嘆の涙ではないようだった。昨日童貞を失ったばかりの浩太郎にも、欲情の涙にしか見えなかった。

（二十四歳で結婚して、その半年後からセックスレスということは……）

玲香はもう、五年以上セックスしていないということになる。

まだ未開通の生娘《きむすめ》ならともかく、三十一歳の熟れた体をしていれば、欲求不満が溜まりに溜まっていてもおかしくない。「お礼」などと殊勝《しゅしょう》な言い訳をしていても、本音は別のところにあるのかもしれない。麻沙美と同じで、セックスがしたくてしたくてしかたがないという……。

4

浩太郎は帰宅するなり掘りごたつに入ることを強要されたので、まだスーツ姿だった。玲香は「シワになっちゃうから」などと言いつつ、上着を脱がし、ネクタイをほどいてきた。

「いや、まずいですっ……まずいですって、玲香さんっ……」

浩太郎は口では言いつつも、本気で抵抗できなかった。つい先ほどまでは白百合のようだった玲香が、欲情剝きだしの表情をしていたからである。淑やかな美貌に似合わない、欲求不満も露わな眼つきでこちらを見てくる。

(男に抱かれて慰めてほしいんだろうか？　それとも五年以上も自分を放置した夫への復讐？　あるいは離婚にはずみをつけるためのステップボード？)

いずれにしろ、玲香はセックスをしたがっているようにしか見えなかった。そして浩太郎は、ゆうべ童貞を捨て、大人の階段を昇ったばかり……。

おそらく、童貞のままであれば、もう少し頑張って抵抗しただろう。しかし、セックスというものはどうやら癖になるものらしく、もう一度あの興奮と快感を味わいたいという欲望が、身の底からむらむらとこみあげてきてしまう。

いとこの麻沙美の友達であり、これから同居することになる玲香といきなり体を重ねてしまうのは、どう考えてもよろしくなかった。トラブルの予感しかしないけれど、彼女はすっかりその気だし、浩太郎自身の不埒《ふらち》な欲望も、一秒ごとに高まっていく。

玲香は浩太郎のワイシャツのボタンを全部はずすと、

「立って」

と手を取った。ふたりで立ちあがり、掘りごたつから二、三歩離れた。なぜそんなことをしたのか、浩太郎はすぐには理解できなかった。考えるより早く、玲香が足元にしゃがみこみ、ベルトをはずしてきた。ブリーフごとズボンをずりおろし、勃起しきったペニスを露わにした。

「やだ……」

玲香は顔をそむけたが、横眼でペニスをチラ見しては、眼の下をねっとりと紅潮させていく。

「わたし、男の人のパイパンって初めて見た」

「化粧品メーカーに勤めているので、しかたなく脱毛クリームの実験台に……」

「毛がないせいかしら、すごい大きく見える。期待しちゃうな……」

「いっ、いやあ……」

浩太郎の顔は燃えるように熱くなっていった。たしかに、根元が陰毛に覆われているより、パイパンのほうがサイズが大きく見える。そのうえ、臍を叩きそうな勢いで反り返っている。ズボンの上から股間をモミモミされたせいだけではなく、鏡がすぐ側にあるからだった。

玲香が掘りごたつから二、三歩離れたのは、姿見の前に移動するためだったのだ。全身が映る大きな鏡に、パイパンペニスを反り返している自分と、足元にしゃがみこんでいる淑やかな人妻の姿が見える。

玲香の着ているブルーのワンピースは、ドレスと言ってもいいほどセクシーなものだった。

生地には高級感たっぷりの光沢があるし、ボディコンシャスなデザインがスレンダーなボディにぴったりとフィットして体の線を露わにしている。しかも、背筋を伸ばして片脚を立てたしゃがみ方に気品があり、ふたりのツーショットを鏡越しに見ていると、ＡＶの世界にでも迷いこんでしまった気分になる。

「熱い……それにズキズキしている……」

ペニスの根元に細指をからめた玲香は、噛みしめるようにつぶやいた。視線はペニスを見つめたままで、鈴口からじわりと我慢汁があふれてくると、口を押しつけてチュッと吸った。

「おおおっ……」

浩太郎は思わず腰を反らせた。下を見下ろし、鏡にも眼をやれば、いままさに自分のペニスを舐めようとしているのは、ブルーのドレスを着た清楚な淑女《しゅくじょ》。ちょっとあり得ないような非日常感に、激しい眩暈《めまい》が襲いかかってくる。

「……んあっ！」

玲香が上品な薄い唇を開き、亀頭を咥えこんできた。男にとっていちばん気持ちのいい部分を、生温かい口内粘膜でぴっちりと包みこまれた快感に、浩太郎は叫び声をあげそうになっった。

「ぅんんっ……ぅんんっ……」

玲香がすかさず唇をスライドさせてくる。だがその前に、口の中いっぱいに唾液を溜めていたようだった。唾液ごとペニスを、じゅるっ、じゅるるっ、と吸いたてては、ペニスの根元をすこすことしごき、口内で舌まで動かしはじめる。

「おおおっ……ぬおおおっ……」

浩太郎は熱くなった顔にじっとりと汗を浮かべ、両膝をガクガクと震わせた。めくるめく快楽の波状攻撃に思わず眼をつぶりそうになるが、それだけはできなかった。真下でペニスをしゃぶっている玲香と、それを横側から映している鏡——視線をせわしなく行き来させずにはいられなかった。

いにしえの男が理想の女について、「昼は淑女のように、夜は娼婦のように」と言っていたことを思いだした。出会った瞬間は淑女そのものだった玲香が、いまは娼婦のようにパイパンペニスをしゃぶりまわしている。

おそらくわざとだろう、じゅるっ、じゅるるっ、と卑猥な音をたててフェラチオに淫している玲香の姿は、高級娼婦そのものだった。浩太郎に女を買った経験はないが、いやらしすぎるテクニックを惜しげもなく注ぎこんでくる。肉棒をただしゃぶるだけではなく、時折口から離し、舌を素早く動かしながら舐めまわしてくる。

(たっ、たまらないよっ……)

麻沙美のフェラも気持ちよかったが、玲香のほうが興奮した。鏡の前で仁王立ちフェラというシチュエーションに加え、彼女がまだブルーのドレスを脱いでいないせいもあった。自分だけが勃起しきったペニスをさらけだし、それをしゃぶりまわされていることが、どうしようもなく興奮を倍増させるのだ。

とはいえ、ここまで気持ちがいいと暴発してしまう危険があった。どう考えてもセックスまでできそうなのに、フェラで出してしまうのはもったいないし、なにより格好が悪い。最初から口内射精を目指しているのならともかく、我慢できずに男の精を漏らしてしまうのは、大の男として情けなさすぎる。

　玲香に声をかけ、フェラを中断してもらおうと、大きく息を吸いこんだときだった。彼女はこちらの窮地を察してくれたらしく、絶妙なタイミングで口唇からペニスを引き抜いた。

「うんああっ……」

　玲香も玲香で、夢中になっていたのだろう。すぐに口を閉じることができず、下唇の中心から涎《よだれ》の糸をツツーッと垂らした。それを手のひらで受けとめつつ、立ちあがってくるりと浩太郎に背中を向ける。

　その一連の動きがまるで舞台女優のようだったので、浩太郎は見とれてしまった。こちらに背中を向けた玲香はまず、ブルーのドレスの首の後ろにあるホックをはずし、ファスナーをゆっくりとさげていった。それから、体にぴったりとフィットしているドレスを、腰をくねらせながら脱いでいく。

（うわあっ……）

　浩太郎はまばたきも呼吸もできなくなった。ブルーのドレスの下から現れたのは、黒いキャミソールだった。シルクの生地がつやつやした光沢を放っているから、ランジェリーの一種だろう。裾《すそ》はパンティがぎりぎり隠れるくらいに短く、けれどもパンティが見えないことに浩太郎は落胆しなかった。

キャミの短い裾の下に、太腿の素肌が見えていたからだ。その下には異様にセクシーな黒い花柄のレース……。

玲香は黒いストッキングを穿いていた。それは着衣のときからわかっていたが、パンティストッキングではなく、ガーターストッキングだったのだ。

(エッ、エロいっ！　エロすぎるだろっ……)

ガーターストッキングなんてグラビアモデルの衣装か、ランジェリーパブのユニフォームだと思っていた浩太郎は、度肝《どぎも》を抜かれた。こんないやらしい下着を普段使いしている一般人がいるなんて、浩太郎の常識にはないものだった。

(もっ、もしかしてこれはっ……)

結婚していたり、恋人がいる女なら、夜の営みを盛りあげるため、セクシーランジェリーを着ける一般人もいるかもしれない。

だが、玲香は五年以上のセックスレス——そんな人が悩殺ランジェリーを着けている理由は、欲求不満の発露以外に考えられなかった。

5

「れっ、玲香さんっ！」

頭に血が昇った浩太郎は、残った服を素早く脱いで、玲香にむしゃぶりついた。バックハグの体勢で、両手を胸にまわしていく。先ほど股間をモミモミされたお返しとばかりに、キャミソール越しにふたつのふくらみを揉みしだく。

「あああっ……」

玲香が艶やかな声をもらした。スレンダーボディなだけに、胸の大きさはそれほどではなかったが、感度は抜群のようだ。

「あああっ……はぁああっ……はぁあああんっ！」

軽く揉みしだいているだけで、腰をくねらせ、ヒップをこちらの股間に押しつけてくる。たっぷりとしゃぶりまわされ、女の唾液にまみれているパイパンペニスは、いつもより敏感になっている。ちょっと刺激されただけで、声をあげてのけぞってしまいそうだ。

（そっ、そんな情けないリアクション、できるかよ……）

浩太郎は腰を引くことなく、むしろみずからぐいぐいとペニスを玲香のヒップに押しつけていった。バスト同様、ヒップも小ぶりながら丸みがあり、女らしさがたまらない。巨乳でグラマーも悪くはないが、どちらかと言えば細身の女のほうが、浩太郎の好みだった。

玲香が振り返った。眉根を寄せた妖しい表情で唇を突きだしてきたので、浩太郎はキスをした。唇を吸いあい、舌をからめあい、熱い吐息をぶつけあった。そうしつつも、魅惑のスレンダーボディをまさぐることはやめなかった。左手で乳房を揉みつづけながら、右手を下半身へと這わせていく。キャミソールの裾の中に侵入し、パンティの舟底部分に中指をあてがう。

「んんんーっ!」

玲香がキスをしながらせつなげに見つめてくる。彼女の穿いているパンティは生地が薄く、上から触れてもぐにぐにした柔肉の感触が伝わってきた。割れ目をなぞるようなイメージで指を動かすと、玲香は激しく身をよじった。指に感じる薄い生地が次第にじっとりと湿っていき、淫らな熱気を放ちだす。

(これは……相当濡らしてるんじゃないか?)

浩太郎は確信したが、次の一手をどうするかで迷った。ここはリビングで、ふたりは立ったままバックハグの体勢で体を密着させている。本格的な愛撫を始めるなら、二階の自室にあるベッドに移動したほうがいいような気がしたが……。

「横になりましょう」

玲香のほうから先に言ってきた。掘りごたつのまわりは絨毯敷きになっているから、横になっても問題はない。自室のベッドは狭いシングルなので、わざわざ移動しなくてもいいかもしれない。

（家族団らんの場であるリビングでセックスか……）

罪悪感が一瞬胸をよぎっていったが、同時に興奮もしてしまう。してはいけないところでしてしまうことに、好奇心と興奮がこみあげてくる。

玲香にうながされ、浩太郎はあお向けで横たわった。玲香は横にならず、どういうわけか浩太郎の顔を両足で挟むようにして立った。

「舐めてくれるでしょう？」

玲香が蹲踞《そんきょ》の体勢で腰を落としてきたので、

（うっ、うわあっ！）

浩太郎は叫び声をあげてしまいそうになった。黒いシルクのパンティが、股間にぴっちりと食いこんでいるのが見えた。玲香は腰を落としきると、浩太郎の眼と鼻の先で、パンティのフロント部分に指をかけ、ぐいっと片側に寄せていった。

（すっ、すげえっ！）

あまりに大胆な玲香の行動に、浩太郎の息はとまった。しかし、驚愕したのも束の間、すぐに目の前の光景に圧倒された。

パンティを片側に寄せているのに、女の花が見えなかった。玲香の陰毛が濃すぎたからである。お嬢さまの面影を残す淑やかな美貌の持ち主なのに、そこだけが毛むくじゃらで獣《けもの》じみていた。

(下の毛が濃い女は、好き者だって説があるそうだけど……)

VIOの完全処理が大流行《おおはや》りで、そうでなくとも手入れをするのが普通であるこのご時世、ここまで黒々としているのは珍しい。AV女優の中にはあえて処理をしてない人もいるけれど、これほどの剛毛はお目にかかったことがない。

とはいえ、いつまでも圧倒されているわけにはいかなかった。玲香はクンニリングスを求めて、こんな恥ずかしい格好をしているのである。応えなければ男がすたると浩太郎は思った。麻沙美の股間を舐めるチャンスはなかったから、人生初のクンニに武者震いが起こる。

「……むううっ!」

黒々とした草むらに鼻面《はなづら》を突っこんでいくと、いやらしいほどの熱気と濃厚な発情のフェロモンが鼻腔に流れこんできた。密林は湿気が多いものだが、濃すぎる陰毛の中も同様らしい。

顔の下半分が陰毛に埋まっている状態で、浩太郎は舌を差しだした。どこを舐めればいいかよくわからないまま、それでもくにゃくにゃした花びらを舌先で見つけだし、遠慮がちに舐めはじめた。

「あああっ……」

玲香が喜悦を噛みしめるような声をもらし、

「むううっ……むううっ……」

琥太郎は鼻息を荒らげて舌を踊らせた。パンティ越しにちょっと触っただけなのに、彼女の陰部はしたたるほどに濡れていた。黒々とした草むらのその奥で、発情の蜜を大量に分泌させていた。

それを味わうように舌を動かした。味はよくわからなかったが、草むらに充満している淫らな芳香が強烈だった。決していい匂いではないのだが、どういうわけか男の本能を揺さぶられてしようがない。

(なんてっ……なんていやらしい舐め心地なんだっ……)

花びらを口に含んでしゃぶりまわすと、鶏冠《とさか》じみた感触に陶然となった。左右の花びらをかわるがわるじっくりしゃぶっていると、奥からますます新鮮な蜜があふれてきた。

「ああっ、いいっ！」

不意に玲香が腰を落としてきた。浩太郎の顔面に股間を押しつけ、女の割れ目をなすりつけるように腰を動かしはじめる。

（こっ、これはっ……顔面騎乗位？）

視界はほとんど遮られていたが、麻沙美が騎乗位で披露した腰使いを彷彿とさせた。初対面の男の顔に股間をなすりつけてくるなんて、まさしく「夜は娼婦」、いやらしすぎるとしか言い様がない。

（おっ、お嬢さまみたいな顔してるくせに……）

いったいどこまでドスケベなのかと、浩太郎は圧倒された。唖然、呆然として舐めることさえできなくなったが、玲香はかまわず腰を動かしつづける。男の顔面を犯すように、ぐりぐりと股間をなすりつけては、喜悦に歪んだ声をあげる。

「ああっ、いいっ！　気持ちいいーっ！」

浩太郎が舐めなくても、玲香は勝手に気持ちのいい当たり所を探りだし、腰を動かしつづけた。浩太郎の顔面を漏らした蜜でヌルヌルにしつつ、顔面騎乗位に没頭し、愉悦《ゆえつ》に溺れていった。

6

「もっ、もう我慢できないっ……」

玲香が唐突に腰をあげた。生々しいピンク色に染まった顔で息をはずませながら、浩太郎を見下ろしてきた。

浩太郎の呼吸もハアハアとはずんでいた。大胆すぎる顔面騎乗のおかげで呼吸もままならなかったから、新鮮な酸素を胸いっぱいに吸いこんで、なんとか呼吸を整えようとする。

玲香はそんなことなどおかまいなしに、

「どうやってしましょうか？」

欲情まみれの顔で訊ねてきた。

「このままわたしが上でする？　それとも自分が上になりたい？」

体位についての意見を求められた浩太郎は、眼を泳がせた。騎乗位は麻沙美で経験済みだし、男なら自分が上になる正常位を求めるのが自然かもしれない。

しかし、浩太郎には童貞時代から夢があった。初体験を迎えた折には、女を四つん這いにして後ろから突きあげたいと思っていた。残念ながら童貞喪失時にその夢は叶わなかったけれど、ＡＶを鑑賞しているときには、かならずと言っていいほど後背位で女がよがっている場面で射精していた。

「バッ、バックはどうでしょう？」

恐るおそる答えると、

「ええっ？」

玲香は一瞬、黒眼がちな眼を丸くしてから、卑猥な笑みをもらした。

「浩太郎くんって、なかなかエッチなのね……」

さも嬉しそうにささやきながら立ちあがり、

「じゃあ、ただのバックじゃなくて、立ちバックっていうのはどう？」

姿見の近くの壁に両手をつき、ヒップを突きだしてきた。

（マジかよ……）

浩太郎はごくりと生唾を呑みこんだ。鏡の前で立ちバックとは、彼女のほうこそ正真正銘、エッチな女だと思ったが、あまりの興奮に全身の血液がぐらぐらと沸騰しそうだった。

「そっ、それじゃあ、失礼します……」

声をかけ、小ぶりのヒップをぴったり包んでいる黒いシルクのパンティを脱がせた。剝き身になった尻の双丘はどこまでも白く輝き、桃割れの奥から発情のフェロモンがむんむんと漂ってくる。

（たっ、たまらないじゃないかよ……）

スレンダースタイルの玲香だから、ヒップも小ぶりなら、太腿もそれほど太くない。尻を突きだしてくると、後ろからでも黒々とした陰毛がよく見えた。

「ねえ、早く……早く入れて……」

玲香が小尻を振りたてて誘ってくる。彼女はまだ、黒いキャミソールとブラジャーを着けたままだったが、全裸になるよりセクシーな気がしたので、そのまま貫くことにする。

浩太郎は勃起しきったペニスをつかみ、挿入の体勢を整えようとした。だが、なにしろ昨日まで童貞だったので、穴の入口がどこにあるのか、よくわからない。

（むむっ、困ったぞっ……これじゃあ入れることがっ……）

見当はずれのところにばかり亀頭を押しつけていると、やさしい玲香が右手を伸ばしてペニスに手を添え、濡れた花園に導いてくれた。

「そのまま入ってきて……」

鏡越しにこちらを見てささやいたので、

「はっ、はいっ！」

浩太郎はうなずいて、玲香の細腰を両手でつかんだ。亀頭がヌメヌメした柔肉に密着しているのを感じながら、腰を前に送りだしていく。ずぶっ、と亀頭が女の割れ目に沈みこんだ感触がし、なんとか挿入に漕《こ》ぎつける。

「あああっ……」

鏡越しにこちらを見ている玲香が、せつなげに眉根を寄せた。

「いいわよ……そのまま……そのまま奥まで入ってきて……」

「はっ、はいっ！」

浩太郎はもう一度うなずくと、ずぶずぶと肉穴に侵入していった。玲香の中はよく濡れて、驚くほど熱くなっていた。結合しただけで激しい眩暈が訪れ、頭の中が真っ白になってしまう。

「動いて！　動いて！」

玲香に急《せ》かされ、浩太郎は動きだした。根元まで埋めこんだペニスをゆっくりと抜いていき、ゆっくりと入れ直す。我ながら稚拙《ちせつ》にして単調な動きだったが、浩太郎の呼吸はハアハアと激しくはずんでいく。騎乗位と違い、自分が動くことができるのが刺激的だった。

おまけに、内側のヌメヌメした肉ひだが、カリのくびれにからみついてくるのがはっきりとわかる。なんだか、あまたの蛭《ひる》でも棲息しているようである。突けば突くほど内側がいやらしくざわめくので、ゆっくりだったピストン運動が、自然と速くなっていく。

「ああっ、いいっ！　もっとよっ！　もっと突いてっ！」

あられもないよがり顔を鏡に映した玲香が、眉根を寄せて訴えてくる。

（そっ、そう言われてもっ……）

なにしろ初めての体位なので、浩太郎は激しく動くことにためらいがあった。あまり勢いよく腰を動かすと、ペニスが抜けてしまいそうで怖かった。

それでも、ひとつになっている女に求められれば、無視することができないのが男というものだろう。つかんだ細腰を引き寄せるようにして渾身《こんしん》のストロークを叩きこむと、小ぶりなヒップがパンパンッ、パンパンッと音をたてた。

「はっ、はぁうううーっ！　いいっ！　気持ちいいっ！　奥まできてるっ！　いいところにあたってるううううーっ！」

パンパンッ、パンパンッ、と尻を鳴らして突きあげるほどに、玲香は髪を振り乱してよがりによがった。

その様子が、鏡に映ってばっちり見えているから、浩太郎の興奮も高まっていくばかりだった。鏡に映った自分の顔が茹《ゆ》でダコのように真っ赤になっているのが恥ずかしかったが、息をとめて後ろから突きあげる。玲香は奥が感じるようなので、いちばん奥まで亀頭を届かせようと必死になる。

「イッ、イクッ！　イクウウウウウーッ！」

玲香がいきなり腰を跳ねあげたので、浩太郎はびっくりした。まだ挿入してから一分くらいしか経っていないので、早すぎるオルガスムスだった。

（それだけ欲求不満だったたってことか……）

いったん腰の動きをストップしてみたものの、

「はぁあああーっ！　はぁああああーっ！」

玲香はスレンダーボディを淫らなまでによじりながら、あえぎ声を撒《ま》き散らすのをやめない。まだイキつづけているのか、あるいは男と違って余韻も深く濃いのか、よくわからないが激しいまでに乱れている。

浩太郎には不思議と余裕があった。オナニーしか知らないまま二十三年も生きてきたので、やはりまだ女性器の結合感に慣れていないらしい。

とはいえ、オナニーとは比べものにならないほど興奮しているし、下に眼をやれば、パイパンペニスが玲香のヒップの中心にしっかりと突き刺さっている。身の底からむらむらとこみあげてくるものがある。

「れっ、玲香さんっ……」

浩太郎は細腰をつかんでいた両手を、胸の位置まですべらせていった。玲香の上半身はまだ黒いキャミソールとブラジャーが残っていたが、かまわず胸の隆起を揉みくちゃにする。

すぐに下着越しの愛撫では満足できなくなり、ブラジャーのホックをはずした。キャミの中に両手をすべりこませ、生身の乳房を揉みしだいた。ふくらみの頂点で硬くなっている部分を発見し、無遠慮につまみあげてしまう。

「あううぅーっ！」

玲香が甲高い声をあげる。

「いいっ！　いいわあっ！　わたしオチンチン入れられながら乳首触られるの、すっごい好きなのっ！　すっごい感じちゃうのおおおーっ！」

身をよじる動きが淫らさを増し、ペニスを咥えこんでいるヒップを思いきり左右に振りたててきた。

「おおおっ……」

浩太郎はコリコリした乳首を指で転がしたり押しつぶしたりしつつ、腰の動きを再開させた。玲香をバックハグで抱え、ペニスを深く挿入したまま、ぐいぐいと肉穴を穿《うが》っていく。激しい抜き差しができない体勢なので、本能で行なった腰使いだったが、玲香のツボに嵌まったらしい。

「はぁおおおおおおーっ！　はぁおおおおーっ！　はぁうあああああーっ！」

獣じみた声をあげてよがりはじめたので、浩太郎のボルテージもあがっていった。ピストン運動は上体を起こしていたほうがやりやすいが、バックハグは体を密着させているので、「女を抱いている」という実感が強い。自分の腰使いで女をよがらせていると、男としての自信が芽生え、全能感さえこみあげてくる。

（これだよっ！　これがセックスだよっ！）

騎乗位も悪くはなかったけど、やはり自力で女をよがらせてこそ本当のセックスだと思った。その証拠に、いくら麻沙美に腰を振られても訪れることがなかった射精欲が疼《うず》きだし、ペニスの芯が熱くなっていく。

「でっ、出そうですっ！　そろそろ出そうですっ！」

切羽つまった声で言うと、

「ああっ、出してっ！」

鏡越しに視線を合わせながら、玲香が限界まで眉根を寄せた。

「たくさん出してっ！　思いきり出してえええーっ！」

とはいえ、ゴムを着けていない生挿入だから、出すのは外一択だ。射精寸前に結合をとき、自分でしごいて膣外射精をしなければならない。

「ぬおおおおっ……」

騎乗位ではないのだからなんとかなるだろうと腹を括り、浩太郎はフィニッシュの連打を開始した。上体を起こし、細腰を両手でつかむと、パンパンッ、パンパンッ、と玲香の尻を鳴らして突きあげた。

「でっ、出るっ！　もう出るっ！　おおおおっ……ぬおおおおおおーっ！」

ずんっ、と最後の一打を打ちこむと、その反動で勃起しきったペニスを抜いた。

発情の蜜に加え、白濁した本気汁までからみついているパイパンペニスは、自分のものとは思えないほど卑猥な姿になっていた。

あとは自分でしごいて小ぶりなヒップに男の精をぶちまけるだけだったが、

「あああっ……ああああっ……」

玲香があえぎながら振り返り、浩太郎の足元にしゃがみこんだ。ネトネトになっている肉の棒を右手でつかむと、妖しい手つきでしごきながら、

「おいしいの、ちょうだい……」

上品な薄い唇を卑猥なOの字に開き、そのまま亀頭を咥えてきた。ためらうことなく、ぱっくりと……。

「おおおっ……うおおおおおーっ！」

想像もしていなかった展開に驚愕する浩太郎を尻目に、

「ぅんぐっ！　ぅんぐっ！」

玲香は鼻奥で声をあげ、思いきりしゃぶりあげてきた。男の精を吸いださんばかりのバキュームフェラに責められられ、射精寸前まで肉穴に埋まっていたペニスは、為《な》す術《すべ》もなくクライマックスを迎えてしまう。

「でっ、出る！　もう出るっ！」

きつく腰を反り返した次の瞬間、ドクンッ！　と下半身で爆発が起こった。体の芯に痺れるような快感が走り抜け、ドクンッ！　ドクンッ！　ドクンッ！　とたたみか

けるように射精が続く。

「おおおおっ……おおおおおっ……」

浩太郎は顔を真っ赤にして、恥ずかしいほど身をよじった。玲香に男の精を吸いたてられながら、全身をガクガク、ぶるぶると震わせた。

第三章　ハメを外したいの

1

翌日は土曜日だった。

普段の浩太郎なら、休日だからといって甘えることなく早起きし、掃除や洗濯など一週間ぶんの家事を片づけ、午後からは東京に慣れるために散歩に出かけている。

それほど遠出しなくても、歩いていける新宿で充分だ。

複数の百貨店があるから化粧品売場をのぞいて市場調査をしたり、新宿御苑で花鳥風月と戯《たわむ》れたり、お腹がすいたらネットで評判のいいラーメン屋にでも立ち寄って、満腹になって帰ってくる——そうやって英気を養い、翌日の日曜日は仕事の準備をゆっくりするというのが、浩太郎の週末ルーティンだった。

しかし、その日は太陽が高くあがっても、ベッドから起きあがることができなかった。麻沙美に続き、玲香とまでセックスしてしまった精神的なダメージが大きく、とても普段通りの土曜日を送れそうにない。これから自分の生活がどうなってしまうのか、不安で不安でしかたがない……。

（やっぱりまずかったよなあ、麻沙美さんに続いて、玲香さんともエッチしちゃうなんて……いくら向こうから誘ってきたとはいえ……）

とにかく、麻沙美にバレないよう細心の注意を払う必要があった。バレたら最後、どんな修羅場が訪れるか想像もつかない。

不安はいつまでも拭いきれなかったが、正午近くになるとさすがに空腹に耐えきれなくなり、のそのそとベッドから抜けだした。部屋着であるジャージを着て、一階に降りていった。

「あら、おはよう」

ベランダから戻ってきた玲香が声をかけてきた。ブルーのドレスではなく、ピンクと白のルームウエアを着ていた。フリース素材のワンピースで、丈が膝上の可愛らしいデザインだ。淑女の玲香にはやや甘ったるいテイストだが、彼女の可愛らしい一面を引きだす装いであるとも言える。

麻沙美がそんなファンシーな部屋着を着るとは思えないから、玲香のものだろうと思った。家出に際して鞄に詰めこんできたのだろう。姑との確執や夫とのセックスレスに悩んで家出してきたのに、いかにも「幸せな主婦」という雰囲気なのがなんとも言えない。

それはともかく、ベランダに男物の服が干されていた。浩太郎のワイシャツやTシャツ、さらにブリーフまで……。

「まっ、まさか、洗濯してくれたんですか？」

声を上ずらせて訊ねると、

「居候だからね、それくらいさせて」

柔和な笑みを浮かべた玲香が、さらりと答える。

「そんな……気を遣ってくれなくても……いいのに……」

浩太郎の声は、後ろにいくほど消え入りそうになっていった。母親でもない女に、下着を洗ってもらうなんて恥ずかしすぎる――顔が熱くてしかたなかったが、すでに洗われていたのでいまさらどうしようもなかった。

「ごはんの準備もできてるわよ。お腹すいてるでしょう？」

「ええ、まあ……」

「じゃあ、ちょっと座って待ってて」

「はあ……」

浩太郎が寝癖のついたボサボサの髪を掻きながら掘りごたつに入ると、玲香がフルーツを載せたヨーグルトを運んできた。続いて、サラダにコーヒー、目玉焼きとこんがり焼けたトースト。

空腹だったので、片っ端から平らげていったが、食べるほどに現実感が失われていった。玲香は昨日知りあったばかりの女であり、家事を任せていい相手ではない。申し訳ないなと思いつつ、玲香のもてなしに舌を巻く。

(なんでこんなにうまいんだ。目玉焼きなんて誰が焼いても同じじゃないのか?)

相手は結婚五年以上の主婦だから、なにかコツでもあるのかもしれない。それに加え、ファンシーなルームウエア姿の玲香が絶妙なスパイスになっている。こんな女と結婚し、新婚生活を送れたら幸せだろうな、とどうしたって考えてしまう。

(いやいやいや……)

いまは馬鹿馬鹿しい妄想に耽《ふけ》り、鼻の下を伸ばしている場合ではなかった。

「あのう、玲香さんっ……」

おずおずと声をかけると、

「なあに?」

玲香がキッチンからやってきた。

「麻沙美さんはどうなったんでしょう? 連絡とかありませんでした?」

浩太郎のスマホにはＬＩＮＥも入っていなければ、着信記録も残っていなかった。

「うーん、連絡はないけど……」

玲香は困ったように眉根を寄せた。

「でも、帰ってこなかったってことは、向こうの家に泊まったってことでしょ。仲直りしたのかもしれないわね」

「はあ……」

曖昧《あいまい》にうなずいた浩太郎の胸に、暗色の不安がたちこめてくる。伯母さんによれば、離婚を口にするほど激しい夫婦喧嘩をしたあとでも、麻沙美は二、三日でケロッとしてしまうらしい。仲直りした可能性は低くないような気もするが、そうなるとこの家で玲香とふたりで暮らすのか？

（まずいだろ、それは……いくらなんでも……）

浩太郎のいとこにして、玲香の同級生である麻沙美がいればともかく、直接的な人間関係のないふたりがひとつ屋根の下というのはよろしくない。なにしろ、彼女はまだ人妻なのだ。人間関係はなくても肉体関係を結んでしまった事実が、事態をよけいに複雑化している。

「夕方まで連絡なかったら、わたしがＬＩＮＥしてみるから、もう少し待ってみましょう」

そう言い残して玲香はキッチンに戻っていった。その背中を見送りながら、浩太郎の脳裏にはゆうべの記憶がまざまざと蘇《よみがえ》ってきた。

「おおおっ……おおおおっ……」

人生初の立ちバックのフィニッシュは、口内射精だった。ねだりも頼みもしなかったのに、玲香はみずからやってくれた。浩太郎が最後の一滴まで漏らしきってもペニスを離さず、やさしく舐めまわしてくれた。かなりくすぐったかったが、これがお掃除フェラか、と感動してしまったのも事実である。

玲香はやがて立ちあがると、

「すごい気持ちよかった。でもちょっと疲れちゃったから、今日はお風呂に入って早寝するね」

そう言ってバスルームに消えていった。

リビングに残された浩太郎は、ソファに倒れこんだ。そのまま眠りについてしまいたかったが、全裸だった。風呂上がりの玲香に素っ裸で寝ているところを見せるわけにはいかなかったし、麻沙美だって帰ってくるかもしれない。

しかたなく、冷蔵庫から発泡酒を取って二階の自室に向かった。苦みの効いた冷たい液体を喉に流しこむと、ほんの少しだけ眼が覚めた。体はぐったりしていたが、頭の中だけが妙にクリアになった。

（やっちまったな……）

いくら玲香が欲求不満だったとはいえ、彼女のほうから半ば強引に誘ってきたとはいえ、やってはいけない相手とやってしまった罪悪感や自己嫌悪がしみじみとこみあげてきた。そして悶々としているうちに、いつしか寝ってしまったのだった。

やはり、通勤に片道二時間かかろうが、郊外の安いアパートに引っ越したほうがいいのかもしれなかった。麻沙美はこちらの都合などなにひとつ考えてくれない女だし、玲香にしてもゆうべあんなことがあったのに平然と家事に勤《いそ》しんでいるなんて、なかなか図太い神経の持ち主である。

セックスさせてくれたのはありがたい話ではあるけれど、人生はセックスだけではないのだ。心が乱れれば生活が荒れ、生活が荒れれば仕事もおろそかになる。だいたい、人妻とセックスをして喜んでいるようでは、肝心の恋人ができなくなってしまうかもしれない。

2

「ただいまー」

玄関から麻沙美の声が聞こえてきたので、浩太郎はビクッとした。玲香が供してくれた朝食で腹は満たされ、掘りごたつでぬくぬくしていると眠くなってきたが、一瞬にして眠気など吹き飛んだ。

「おっ、今日は土曜で会社はお休みなのね……」

リビングにやってきた麻沙美が、浩太郎を横眼で一瞥《いちべつ》して言った。声のトーンがいつもより低く、表情も険しかった。

「大丈夫だったんですか？」

嫌な予感を覚えつつも、浩太郎は訊ねずにはいられなかった。

「ご主人とは仲直りできました？」

「はあ？」

麻沙美の眼が吊りあがった。

「どうしてわたしがあんな男と仲直りしなくちゃいけないのよ。離婚条件を突きつけて、話しあいは五分で終了」

「じゃあ、ゆうべは……」

「あんまり頭にきたから、レディースサウナに泊まったの。ロウリュウからの水風呂を三セットやったけど全然整わなくて、マッサージまでフルコースで受けちゃったわよ」

「おかえり、麻沙美」

キッチンから玲香が出てきた。

「サウナ行ってたんだぁ、どうりでお肌がつるつるね」

「そう？」

麻沙美は満更でもない顔で笑ったが、浩太郎は胸が痛かった。どう見ても、麻沙美より玲香のほうが肌のコンディションがよかったからだ。おそらく、五年以上ぶりに満喫したセックスのせいで、女性ホルモンが活性化されているのだろう。

「朝ごはん用意してあるけど、食べる？」

玲香は麻沙美に訊ねた。

「って言っても、トーストに目玉焼きみたいな簡単なものだけど。それに、もう朝ごはんっていうよりランチの時間よね。パスタとかだったら、すぐにつくれるわよ」

「ごはんじゃなくてお酒がいいなあ……」

麻沙美は冷蔵庫から発泡酒の缶を取りだすと、掘りごたつに入ってきた。プルタブを開けるやぐびぐびと飲み、眼をつぶって「くぅ～」と声を出す。

（どうしてこの人は……）

可愛い顔をしているくせに、おやじみたいな真似をするのだろうと、浩太郎は眉をひそめた。夫婦喧嘩に決着がつかず、気持ちが荒れているのだろうが……。

「玲香も一緒に飲もうよ。セラーのワイン抜くからさあ。おつまみはデリバリーでとればいいし」

「昼間から飲むなんて、麻沙美も不良ね」

玲香はにこやかに笑ってる。

「でも、昼酒って背徳感があっておいしいのよねえ。わたしもご相伴にあずかろう」

「じゃあ、セラーからワイン取って」

「はーい」

スキップでも踏みそうな足取りでワインセラーに向かう玲香に、浩太郎は声をかけられなかった。それは伯父の秘蔵ワインで、飲んだからまずいと正論をぶったところで、麻沙美にキレられるだけだろう。

自堕落な休日が始まった。

ヴィンテージワインがポンポン抜かれ、デリバリーで頼んだ巨大なピザがこたつの上に置かれた。自棄酒《やけ》を決めこんでいる麻沙美はもちろん、玲香もよく食べてよく飲んだ。二時間後には、ふたりともベロベロになっていた。

「結局さー、この世に永遠の愛なんてないのよねぇー」

と玲香が嘆けば、

「女っていうのは花なのよ、花！　花に水を与えるのが男の仕事！　日本の男たちは、水あげをサボッてるポンコツばっかり！」

麻沙美は悪態をつきまくる。

（いつまで付き合ってればいいんだろうなあ……）

浩太郎はなるべく気配を消して、飲んではいけないワインをチビチビと飲んでいた。昼間から酔ってしまうと生活のリズムが狂いそうだったが、中座しようとすれば麻沙美の怒りを買うかもしれず、八つ当たりされないためには黙って座っているしかない。いっそのこと、こちらもベロベロになってしまえば気が楽になるかもしれないけれど、玲香お手製の朝食で満腹になったばかりだから、酒を飲みたい気分でもないのだ。

（……んっ？）

内心で溜息ばかりついていると、下半身に異変を感じた。股間に足があたっていた。偶然に触れたというレベルではなく、あきらかにまさぐってきている。

掘りごたつの座り位置は、浩太郎の右側が麻沙美で、正面が玲香――足を伸ばしてきているのは、玲香以外に考えられなかった。

（嘘だろ……）

浩太郎は困惑顔で眼を泳がせた。玲香は麻沙美のほうを向き、馬鹿話に花を咲かせているけれど、その一方でこちらの股間を足で刺激してくる。足裏ですりすりと撫でてきたり、足指でコチョコチョとくすぐってきたり。座る位置を直して足を遠ざけたくても、右側にいる麻沙美は勘が鋭そうだから、不審な動きはできない。

（いったいなんのつもりだよ？）

昨日のセックスがよかったから、また誘っている――それにしたって、このシチュエーションはよろしくないのではないか？　ふたりきりならともかく、麻沙美がいるところで誘ってくるなんて……。

あるいは、ただ単に酒に酔ってふざけているだけか？　玲香の淑やかなお嬢さまフェイスはかなり赤くなっているから、その可能性は充分に考えられる。だが、いくら酔っていても、こたつの中で股間モミモミはふざけすぎだ。

（まっ、まずいっ……）

いけないことをされているのに、いや、いけないことをされているからこそなのかもしれないが、浩太郎の意識は股間に集中していった。ジャージパンツの上から足指でまさぐられると、勃起しそうになってしまう。勃起しそうになれば、頭の中でいやらし想念がぐるぐるしはじめる。たとえば玲香と行なった立ちバック、たとえば麻沙美にまたがられた騎乗位……。

（ふっ、ふたりともギャップがすごかったな……麻沙美さんは可愛い顔してドスケベ、玲香さんは淑やかに見えてドスケベ……）

彼女たちとのセックスのハイライト場面を思いだしていると、ジャージパンツの中で痛いくらいに勃起してしまった。もちろん、勃起などしてはいけなかった。股間に足裏を押しつけている犯人に、気づかれてしまう……。

玲香がこちらをチラリと見たので、浩太郎の心臓はドキンッとひとつ跳ねあがった。コンマ何秒の出来事なのに、彼女の黒眼がちな眼が卑猥に輝いたのがはっきりわかった。

「ああーっ、昼間から飲みすぎちゃったなあ……」

麻沙美が両手をあげて伸びをした。

「レディースサウナじゃゆっくり寝られなかったから、ちょっとお昼寝しようかしら」

「それがいいんじゃない」

玲香が歌うように答えた。

「残りのワインとピザはわたしたちが片づけるから。ね？」

玲香に同意を求められ、

「はっ、はあ……」

浩太郎はこわばりきった顔でうなずいた。麻沙美に共感しているふりをしてワインをガブガブ飲ませ、眠らせてしまうというのが玲香の思惑に違いなかった。もちろん、麻沙美がこの場からいなくなれば、玲香がドスケベ人妻の本性を露わにすることは、わかりきったことだった。

（まっ、まずいぞっ……麻沙美さんが外出しているときならともかく、ひとつ屋根の下で寝ているのに、セックスしてしまうのはっ……）

見つかるかもしれないリスクはしかし、ひりひりしたスリルと表裏一体だった。麻沙美が自室で寝ていると思えばこそ、麻沙美とのセックスは昨日以上に盛りあがるかもしれず、想像するだけで口の中に唾液があふれてくる。

そのときだった。

「んっ？」

麻沙美が素っ頓狂な声をあげて、こたつの中に手を突っこんだ。

浩太郎は焦った。玲香の足裏愛撫で勃起しているところを見つかってしまったかと思ったが、そうではなかった。

「なにこれ？」

麻沙美が指でつまんでいたのは、男物のブリーフだった。浩太郎は顔から血の気が引いていくのを感じた。ゆうべこの場でセックスしたあと、忘れていったらしい。そういえば、自分の部屋に戻って新しい下着を着けたのだ。

「どうしてこんなものが、こんなところにあるわけ？」

ジロリ、と麻沙美に睨まれる。

「どっ、どうしてですかねえ……」

浩太郎は呆けた顔ですっとぼけたが、

「んんっ？」

麻沙美が再びこたつの中に手を突っこみ、今度は女物のパンティをつまみだした。黒いシルクのそれは、ゆうべ玲香が穿いていたものだ。

「どういうこと？」

麻沙美の鋭い視線が、浩太郎と玲香を行き来する。みるみる表情が険しくなっていったので、震えあがった浩太郎は言葉を返すことができなかった。

3

「そんなに怖い顔しなくてもいいじゃない」

玲香がふっと笑った。

「男と女が同じ部屋にいれば、パンツを脱いじゃうことくらいあるでしょ。子供じゃないんだから」

アルコールで赤くなっていた麻沙美の顔が、サーッと青ざめていき、

（嘘だろ……）

浩太郎は卒倒しそうになった。シラを切ったり言い訳するどころか、あっさりセックスしたことを認めてしまうなんて、玲香はいったいなにを考えているのか？

「こっ、浩ちゃんとエッチしたの？」

麻沙美が怒りに震える声で訊ね、

「うん」

玲香はどこまでも無邪気にうなずく。

「あなた既婚者のくせに、人んちの親戚に手を出すなんてあり得ない」

「既婚者だけど、もうすぐ離婚しそうだもん」

「そういう問題じゃなくて、浩ちゃんはわたしにとって弟みたいなものなのよ」

麻沙美はギリリと歯嚙みしたが、

(じっ、自分もじゃないか……)

浩太郎は胸底でつぶやいた。こちらの上にまたがっていやらしすぎる腰使いを披露したのはいったい誰なんだ？　と言ってやりたかったが、もちろん口にすることはできなかった。

「べつに浩太郎くんのことを好きになったとか、そういうんじゃないわよ。わたしは長いことセックスレスだったし、彼はとにかくエッチがしたくてしようがないお年ごろでしょう？　タイミングが合っただけよ。ウィン・ウィンね」

「なにがウィン・ウィンよ。家の中の風紀を乱すなら、いますぐ出ていってもらうからね！」

「麻沙美って昔からそうよね……」

やれやれとばかりに、玲香は深い溜息をついた。

「学級委員長みたいな真面目っ子だから、まわりが疲れちゃうの。いいじゃないの、べつに。ノリでエッチくらいしたって」

「あんた、本気で言ってるの？」

麻沙美の声は激しく震えていた。

「ノリでエッチって……そういうこと言う人じゃなかったでしょ？　恋は一途がいちばんいいとか力説してたのに、なんでいきなりキャラが変わってるのよ」

「ふふっ、ゆうべ浩太郎くんとエッチして、目覚めちゃったの。麻沙美ほどじゃないけど、わたしもいままで真面目に生きてきて、その結果どうなったかっていったら、セックスレスで放置されて欲求不満の塊……でも、思いきって羽目をはずしてみたら、心も体も軽くなって目の前がパーッと明るくなったわけ。人生ってやりたいこと我慢して真面目に生きてても、馬鹿を見るだけってわかったの」

「ううっ……」

麻沙美が悔しげに唇を噛みしめる。玲香の意見を言下に否定することができない事情が、彼女にもあるのだ。なにしろ玲香に先駆けて、浩太郎とセックスしているのである。

玲香との口論の旗色が悪くなったせいだろう。

「あんたはどうなのよ？」

麻沙美は浩太郎に矛先を向けてきた。

「やりたい盛りのお年ごろだから、誰でも見境なくエッチしちゃうような浅ましい男だったわけ？　玲香とわたしは、十年来の友達なのよ」

「そっ、それはっ……」

浩太郎は苦りきった顔になった。麻沙美だって自分とセックスしたくせに、「浅ましい男」呼ばわりはひどい。

とはいえ、この状況で麻沙美の怒りの炎に油を注ぎこむような言動はとるのは悪手の極みだろう。

逆に、麻沙美をもちあげて褒め倒すべきだと思った。とにかく麻沙美の怒りを鎮《しず》めて風向きを変えないと、事態は悪化していくばかりに違いない。

「ぼっ、僕はっ……僕はっ……」

口を押さえ、嗚咽をもらすふりをした。

「ほっ、本当は麻沙美さんと……麻沙美さんとエッチがしたかったんです……子供のころから憧れで、初恋の人だから……でも、麻沙美さんが僕なんか相手にしてくれるわけがないし……」

「なっ……」

麻沙美は呆気にとられ、毒気を抜かれたような顔になった。セックスならすでにしているので、この男はいったなにを言っているのだろうと思ったに違いない。

だが、それ以上に褒め殺しが効いているようだった。憧れていただの初恋の人だのというのは、もちろん口から出まかせの真っ赤な嘘だったが、そう言われて気分を害する女はいない。

作戦成功だった。このまま泣き真似を続け、隙《すき》を見て自室に逃げこむのが最善の策だろう。なんなら家から脱出して、新宿まで散歩に出かけるのも悪くない。

「へええ、浩太郎くんの初恋の人って、麻沙美だったんだあ」

玲香が口許《くちもと》に卑猥な笑みをもらした。

「じゃあ、三人でしちゃう？　３Ｐってやつ」

「なっ、なにを言ってるですか？」

今度は浩太郎が呆気にとられる番だった。

「だから言ったでしょ」

玲香は意味ありげに笑いつつ、掘りごたつから出た。

「わたしもう、我慢しない人生を送ることに決めたの。浩太郎くんのせいで、羽目をはずす悦びを覚えちゃったの。好奇心の趣《おもむ》くままに変態プレイでもなんでもして、自分を解放したいわけ」

ピンクと白のルームウエアを脱ぎ捨て、ゴールドベージュの下着姿になった。ファンシーな部屋着の下から、やけに大人っぽいランジェリーが現れたので、浩太郎は度肝を抜かれた。すらりとしたボディに光沢のあるブラジャーとパンティだけを着けた姿は、ランウェイを闊歩するモデルさながらに格好よかったが……。

「ちょっ……まっ……落ちついてくださいよっ……」

玲香は焦る浩太郎の両脇に手を差しこみ、掘りごたつから引きずりだした。あお向けになった浩太郎の上に馬乗りになり、顔を両手で挟んで、チュッ、チュッ、チュッ、とキスの雨を降らしてきた。

（あっ、悪夢だっ……これは悪夢だっ……）

浩太郎は顔中にキスをされながら、体が震えだすのをどうすることもできなかった。玲香が欲求不満であり、それを晴らす一助になってほしいというのなら、協力するのはやぶさかではない。

しかし、このシチュエーションはあり得ないだろう。

横眼で麻沙美の様子をうかがうと、掘りごたつに足を入れたまま、双肩をわなわなと震わせていた。怒って行為をとめるでもなく、女友達の暴挙を糾弾《きゅうだん》するわけでもなく、ただただ動揺しきっていた。

強気な麻沙美のそんな姿を見たのは初めてだったので、浩太郎はどうしていいかわからなかった。

一方の玲香は麻沙美のことなどまったく気にせず、

「こたつの中でも勃起してたでしょ？」

浩太郎にしか聞こえないウィスパーボイスでささやいては、唇と唇を重ねてくる。すかさず舌を差しだし、浩太郎の口内に侵入しては、淫らなディープキスへといざなっていく。

「ぅんぐっ……ぅんぐぐっ……」

したたかに舌を吸われ、浩太郎は鼻奥で悶絶した。馬乗りになっている玲香は、キスをしつつも体の位置を調整し、下半身を密着させてきた。もっこりとふくらんでいる男の股間に、パンティ一枚の股間をぐいぐいと押しつけてくる。

（あっ、熱いっ……）

浩太郎はまだジャージパンツを穿いているのに、玲香の股間からは淫らとしか言い様がないほどの熱気が伝わってきた。

興奮しているらしい。どうやら本当に、ゆうべの一件でタガがはずれてしまったようだった。まだ外は明るい時間なのに、「夜は娼婦」の彼女の本性が露わにされようとしていた。

4

「ちょっと待ちなさいよ！」

麻沙美が掘りごたつから出て立ちあがった。

「人の家でなに勝手なことしてるわけ？　おかしいでしょ？」

声音《こわね》から憤怒が伝わってきたので、浩太郎は胸底で安堵の溜息をついた。麻沙美が怒りだすのは怖いけれど、この状況が続くのはもっと怖い。ここはひとつ、家主の強権を発動して、玲香の暴走をとめてもらいたい。

ところが……。

「ここはわたしの家なんだから、わたしも仲間に入れなさい」

麻沙美は服を脱ぎ捨てて、下着姿になった。小柄だが肉感的なボディを、燃えるようなワインレッドのランジェリーで飾って仁王立ちだ。

（嘘だろ……）

想定外の展開に、浩太郎は仰天した。可愛い顔してドスケベな麻沙美だが、変態プレイなど大嫌いなタイプに見える。玲香の暴走をとめるどころか、まさか３Ｐに参戦してくるとは思わなかった。

「やーん、エッチくさい体」

玲香が麻沙美の下着姿を見てクスクスと笑い、

（たしかに……）

浩太郎は内心で激しく同意した。玲香のスレンダーボディは女らしくも格好がよく、上品とさえ言えるのだが、一方の麻沙美は男好きするいやらしい体をしている。ボンッ・キュッ・ボンッ、とメリハリのきいたボディラインは、いっそ下品に思えるくらい扇情的なのだ。

麻沙美もそれを自覚しているらしく、同性の眼にセクシーランジェリー姿をさらしていることに顔を赤らめながら、

「どきなさいよ」

玲香を浩太郎の上からおろした。

「3Pなんてしたことないけど、ここはわたしの家だし、浩ちゃんはわたしのいとこだから、あんたに独占させない」

「またまたぁ、そんなこと言っちゃって……」

玲香は卑猥な眼つきで笑っている。

「本当はエッチなことがしたくてしょうがないだけのくせに」

「違います」

「麻沙美が夫婦喧嘩ばっかりしてるの、夜の生活がうまくいってないからでしょう？」

「はあ？」

「うちは新婚時代からセックスレスだけど、夫婦なんて長くやってればレスになってもしかたがないからね。他で羽目をはずすことを覚えるべきなのよ」

「うるさいわね。そんなことくらい、とっくにわかってたわよ」

「本当？　麻沙美も浮気したことあるの？　そういうタイプだったかしら？　浮気するくらいなら結婚なんてしなかったって、いつも言ってなかったっけ？」

ふたりは言い争いつつも、競うようにして浩太郎の服を脱がせてきた。ジャージの上下、Tシャツ、さらにブリーフにまで手をかけて……。

「ちょっ、待って……待ってください……」

浩太郎は手脚をジタバタさせて抵抗したが、相手がふたりでは分が悪いし、年上の女性に乱暴なこともできない。為す術もなくブリーフをめくりさげられ、勃起しきったパイパンペニスを剝きだしにされてしまう。

「やーん、今日も元気ね」

と玲香が笑えば、

「どうしていきなり、こんなに勃《た》ってるのよ？」

麻沙美が訝しげに眉をひそめる。玲香がこたつの中でしてきたことを知らないから、それも当然だが……。

「あーん、いただきます！」

玲香は舌なめずりしながらペニスに顔を近づけてくると、先端から深々と咥えこんだ。「昼は淑女」の仮面をかなぐり捨てるや、「むほっ、むほっ」と浅ましいほど鼻息をはずませて、しゃぶりあげてくる。

その様子を見て、麻沙美が啞然としている。どこまで大胆なの、という心の声が聞こえてきそうな顔で眼を真ん丸に見開き、セクシーランジェリーに飾られたグラマーボディを震わせる。

しかし、浩太郎と視線が合った瞬間、いつもの勝ち気な彼女に戻り、

「わたしにもさせなさいよ」

玲香に負けじと、ペニスに顔を近づけてきた。ふたり揃ってピンク色の舌をくなくなと動かし、パイパンペニスを舐めはじめた。

（うっ、うおおおおおーっ！）

浩太郎はしたたかにのけぞった。グラマーボディとスレンダースタイル、ワインレッドとゴールドベージュのランジェリー、淑やかな美貌と可愛らしいアニメ顔——パッと見には、正反対の個性を有するように見えるふたりだが、ドスケベな人妻という

共通項があった。おまけにどちらも負けず嫌いのようだから、競うようにして亀頭を舐めたりしゃぶったりしてくる。

（たっ、たまらないよっ……）

あまりの興奮に、浩太郎はのたうちまわりそうだった。セックスは男と女が一対一でするものであり、ＡＶではないのだから、ふたりがかりでフェラチオをされる状況なんて普通だったらあり得ない。

しかも、麻沙美と玲香はいずれ劣らぬ美女であり、口腔奉仕に励むほどに眼つきをいやらしくしていく。これは変態プレイではなく、一種のハーレムではないかと、現実感が奪われていく。

「ああーんっ……」

麻沙美が舌を踊らせてカリのくびれを舐めまわせば、

「ぅんんっ……ぅんんっ……」

玲香は唾液まみれの口でじゅぼじゅぼと先端を吸ってくる。

「気持ちいいの？」

麻沙美に訊ねられ、浩太郎はコクコクと顎を引いた。気持ちがよくないわけがなく、もはや理性が正常に働く気配もない。

すると麻沙美は、

「気持ちがいいなら声出しなさいよ」

吐き捨てるなり、浩太郎の両脚を大きくひろげてきた。女のようなM字開脚に押さえこまれ、睾丸を口に含んで思いきり吸いたてられた。

「はっ、はぁおおおおおーっ！」

浩太郎は声をこらえることができなかった。痛くはなかったが、睾丸を吸われると、魂さえも吸いとられてしまいそうな心細い気分になった。だが同時に、麻沙美が亀頭をしゃぶっているので、ただ心細いだけではない。快楽の波状攻撃に呼吸がどこまでも荒々しくなっていく。

「浩太郎くん、わたしのことも気持ちよくして」

玲香が細身の体を翻《ひるがえ》し、浩太郎の上に乗ってきた。女性上位のシックスナインの体勢で、小ぶりなヒップを突きだしてきた。

（うっ、うわあっ……）

ゴールドベージュのパンティにぴったりと包まれた小尻が眼と鼻の先に迫り、浩太郎はうろたえた。双丘を飾るバックレースもセクシーだったが、玲香が求めているのはシックスナインである。フェラやクンニの経験はあっても、同時にそれをするのはエロ度マックスの前戯と言っていい。

「早く、早く」

玲香が腰をくねらせて急かしてくる。浩太郎は両手で尻の双丘をつかみ、まずは丸みを味わうように撫でまわした。続いてパンティをずりさげていき、アーモンドピンクの花を露出させていく。

淑やかな美貌に似合わず剛毛な玲香だが、前からより後ろからのほうが女の花が見やすかった。縁のくすみもいやらしい二枚の花びらが、くにゃくにゃと縮れつつ巻き貝のように口を閉じている。

浩太郎は舌を差しだし、舐めた。唾液をなすりつけるように、ねろり、ねろり、と舌を這わせては、親指と人差し指で割れ目をひろげていく。つやつやと濡れ光る薄桃色の粘膜が恥ずかしげに顔を出し、発情のフェロモンがむっとする熱気とともに鼻腔に流れこんでくる。

玲香の陰部の中をのぞき見てしまった興奮に、浩太郎はハアハアと息をはずませ、鼻腔から胸いっぱいにフェロモンを吸いこんだ。舌を差しだして薄桃色の粘膜を舐めまわせば、発情の蜜がねっとりと糸を引く。

「おおおっ！」

お返しとばかりに、玲香がペニスをしゃぶってきた。「むほっ、むほっ」と鼻息を荒げて唇をスライドさせ、しばらくすると麻沙美と交替した。麻沙美は口内でねちっこく舌を動かし、再び玲香と交替すると、睾丸を口に含んで吸ってきた。さらにはアヌスまでねろねろと……。

（おっ、おかしくなるっ……こんなのおかしくなるぞっ……）

シックスナインプラスワンの愉悦に、浩太郎はみるみる溺れていった。めくるめく快楽の波状攻撃に身をよじり、呼吸も忘れて薄桃色の粘膜を舐めまわしながら、パイパンペニスをどこまでも硬く膨張させていった。

5

「ああーんっ！　もう我慢できないっ！」

玲香が声をあげ、腰を浮かせた。浩太郎の体の上からおりるや、四つん這いになって挿入を求めてきた。

「入れてっ！　カチカチのオチンチン、入れてっ！」

ごくりっ、と浩太郎は生唾を呑みこんだ。玲香がバックスタイルを求めてきたのは、おそらく昨日の記憶がまだ生々しいからだろう。となると、浩太郎の脳裏にも、昨日の立ちバックが蘇ってくる。ＡＶ男優じみたアクロバティックな体位をやり遂げ、大人の階段をまた一歩昇ることができた。

とはいえ……。

今日は欲望のままに後ろから貫き、スタミナが続く限り腰を振りたてればいいというものではないだろう。

麻沙美を見た。なんとも言えない、複雑な表情をしていた。なにを考えているか推しはかることができなかったので、

「どっ、どうしましょうか？」

浩太郎は卑屈な上眼遣いで訊ねた。

「ここは麻沙美さんの実家だし、麻沙美さんと先にすべきでしょうか？」

麻沙美は少し考えてから、

「いいわよ、べつに……やりたい人が先にやれば……」

苦りきった顔で答えた。

プライドの高い麻沙美のことだ。自分が後まわしにされることを歓迎しているとは思えない。だが同時に、自分が先に人前でセックスして恥をかくのが嫌なのだ。それが複雑な表情の正体だろう。

その点、玲香は完全に吹っ切れていた。ゴールドベージュのパンティをみずから脱ぎ捨て、剝きだしになったヒップを左右に振って誘ってくる。引き締まった小尻の中心から、メスの匂いを振りまいて……。

「しっ、失礼しますっ！」

浩太郎は膝立ちになり、玲香の小尻に腰を寄せていった。勃起しきったパイパンペニスは、ふたりの女の唾液でテラテラにコーティングされていた。それをつかみ、切っ先を濡れた花園にあてがっていく。昨日の今日なので、入口の位置や角度はまだ記憶に新しい。

「いきますよっ！」

声をかけてから、腰を前に送りだした。シックスナインでたっぷりと舐めまわしたせいか、玲香の中は濡れすぎるほど濡れていた。それでも浩太郎は、あわてず急がず、じわじわと結合を深めていき、時間をかけてペニスを根元まで埋めこんだ。

「ああっ、入ってるっ……カチカチのオチンチンが、オマンコにっ……」

玲香が唸るように言い、身をよじらせる。スレンダーボディの細い背中が白蛇のようにくねる様子が、たまらなくセクシーだ。

（すっ、すごいぞつ……すごいヌルヌルだっ……）

昨日よりあきらかに濡れていることが、パイパンペニスに伝わってきた。五年以上セックスレスだった禁欲生活から解放されたからか、あるいは自分がセックスしている姿を見られる3Pというシチュエーションのせいか、尋常ではなく興奮しているようだった。

浩太郎はゆっくりと腰を動かしはじめた。根元まで入れていたペニスをそうっと引き抜き、再び入れ直していく。玲香のヒップは小ぶりなので、蜜に濡れたペニスの姿を目視できるのがたまらない。

（ヌッ、ヌスヌルだっ……ヌルヌルだよっ……）

浩太郎は、覚えたばかりのセックスの味を噛みしめながら腰を動かした。自分の手でしごくのとあきらかに違う肉穴の感触を、ようやくじっくり堪能できるほどには慣れてきたらしい。

必然的に抜き差しのピッチはあがっていき、気がつけば怒濤《どとう》の連打を送りこんでいた。パンパンッ、パンパンッ、と小気味いい音を鳴らして、四つん這いの玲香を突きあげていく。

「ああっ、いいっ！　もっとよっ！　もっとちょうだいっ！」

玲香は甲高い声で叫ぶと、あえぎにあえぎ、よがりによがった。彼女はすでに、自分の快楽のことしか考えられないようだったが、リビングにはもうひとり、様子をうかがっている女がいた。

麻沙美は膝立ちで浩太郎に身を寄せてくると、

「気持ちいいの？」

地の底から響いてくるような低い声で訊ねてきた。表情も険しく、じっとりした恨みがましい眼つきでこちらを見てくる。

「そっ、それはっ……」

浩太郎は口ごもった。ボンッ・キュッ・ボンッのグラマーボディをワインレッドの下着で飾った麻沙美が視界に入ってきたことで、興奮せずにはいられなかった。いままでは玲香のことだけを見ていればよかったが、麻沙美が身を寄せてきたことで３Ｐをしている実感が高まった。

「どうなのよ？」

麻沙美が左右の乳首をコチョコチョとくすぐってきたので、

「おおおおーっ！」

浩太郎は声をあげてのけぞった。乳首への刺激のせいで、パイパンペニスがひときわ芯から硬くなっていく。

「気持ちがいいなら気持ちがいいって、言えばいいじゃないのよ」

「いっ、いや、それはっ……それはそのっ……」

浩太郎は紅潮した顔にじわりと冷や汗が浮かんでくるのを感じた。気持ちいいことは気持ちよかったが、それを素直に口にすると麻沙美が臍《へそ》を曲げそうで怖い。

しかし麻沙美は、はっきり答えないことも気にくわないようで、

「浅ましい男ね！」

左右の乳首をギューーッとひねってきた。

「はっ、はぁおおおおおーっ！」

「やらせてくれる女なら誰でもいいなんて、男として最低なんだから」

「はぁおおおおーっ！　はぁおおおおーっ！」

浩太郎は叫び声をあげて、腰の回転をフルピッチまで高めていった。

乳首を思いきりひねられても、痛くなかった。いや、痛いことは痛いのだが、痛みすら快感を高めるスパイスとなって、パイパンペニスを限界以上に膨張させていく。摩擦の快感がどこまでも高まっていき、息があがりかけても、腰の回転をセーブすることができない。

「はぁあああっ……いいっ！　すごい気持ちいいっ！」

玲香が切羽つまった声をあげた。

「イッ、イキそうっ！　わたしもうイッちゃいそうっ！」

「おおおおっ……」

にわかに肉穴の食い締めが強くなり、浩太郎は首に筋を浮かべて唸った。

「イッ、イクッ！　イクイクイクイクッ！　はぁああああーっ！　はぁああああああああーっ！」

ビクンッ、ビクンッ、と細腰を跳ねあげ、玲香は絶頂に達した。ワンワンスタイルで髪を振り乱し、全身を小刻みに痙攣させながら肉の悦びを嚙みしめるその姿は、まさに淫獣そのものだった。「夜は娼婦」の本性をあられもなく剥きだしにして、獣が咆哮《ほうこう》するように喜悦に歪んだ声を撒き散らす。

「……あああっ」

イキきった玲香がうつ伏せに倒れると、自然と結合がとけた。麻沙美はまだきつく反り返ったままのパイパンペニスを一瞥すると、

「今度はわたしの番ね……」

恥ずかしげに眼を泳がせて言い、四つん這いになった。むっちりしたボリューミーなヒップをこちらに突きだし、挿入を求めてきた。

（うわあっ……）

浩太郎は一瞬、視線を釘づけにされてしまった。玲香の四つん這いもセクシーだったが、グラマースタイルの麻沙美が同じ格好になると、いやらしさが何倍も上だった。ヒップの肉づきが抜群だから、腰が異常にくびれて見える。「さあ、ここをつかんで突いてください」と言わんばかりの、扇情的なワンワンポーズである。

「ううう……」

浩太郎はこみあげてくる興奮にうめきながら、麻沙美のヒップに腰を寄せていった。ワインレッドのパンティをずりおろせば、鏡餅がふたつ並んでいるようなド迫力の尻丘が姿を現した。パイパンペニスはテラテラどころか白濁した本気汁さえまとってい

たが、見なかったことにして握りしめる。女の蜜に濡れたペニスで別の女とまぐわうことに、背徳感が揺さぶられる。

麻沙美にはクンニをしていないから、濡れているかどうかわからなかった。

だが、切っ先で桃割れをなぞってやると、ヌルヌルに濡れているところをすぐに発見することができた。女友達の激しいイキッぷりを目《ま》の当たりにして、麻沙美も興奮していたのか？　グラマーボディの奥底に眠っていた欲情を、玲香によって呼び起こされたのか？

浩太郎はここが入口だと狙いを定め、

「いっ、いきますよっ……」

と声をかけた。腰を前に送りだし、ずぶっ、と亀頭を埋めこむと、そのまま一気に奥まで貫いていった。

「くくっ……くぅううっ……」

ペニスを根元まで埋めこむと、麻沙美はくぐもった声をもらした。完全に吹っ切れている玲香とは違い、彼女にはまだ、羞恥心の欠片《かけら》が残っているようだった。

しかし、浩太郎は彼女の本性を知っていた。人妻でありながら、いとこの自分を押し倒し、騎乗位でいやらしすぎる腰使いを見せた麻沙美なら、よがりはじめるまで時間はかからないはずである。

「むううっ……」

浩太郎は太い息を吐きだし、ゆっくりとピストン運動を開始した。同じ体位で結合しても、玲香とはずいぶんと様相が違った。ボリューミーなヒップは撫でまわさなければいられないし、撫でまわすほどに興奮がこみあげてくる。剝き卵のようにつるつるの素肌が手のひらに心地よく、男の体にはない丸みがオスの本能をぐらぐらと揺さぶってくる。

「んんんっ……んんんんーっ！　くぅううううーっ！」

まだゆっくり抜き差ししているだけなのに、麻沙美は身をよじりはじめた。そうなると浩太郎も、尻を撫でまわしているだけではすまなくなっていく。両手をくびれた腰にすべらせていき、がっちりとつかむと、大きく息を吸いこんでから、本格的なピストン運動を開始した。

（たっ、たまらんっ……これはたまらないよっ……）

ぐいぐいと腰を動かすほどに、浩太郎は淫らな熱狂へと駆りたてられていった。パイパンペニスにはまだ、玲香と結合した余韻が生々しく残っていた。どちらがいい悪いではなく、結合感が違うから刺激的だった。ぬんちゃっ、ぬんちゃっ、と粘りつくような音をたてて抜き差しするほどに、体温がぐんぐんあがって汗が噴きだす。

「ねえねえ……」

いつの間にか体を起こした玲香が、膝立ちで近づいてきた。結合部をまじまじとのぞきこむと、浩太郎の耳に唇を寄せ、

「わたしのオマンコのほうがキツキツでしょ？」

麻沙美に聞こえないような小声でささやいてきた。

「わたしのオマンコのほうが気持ちよくない？」

「ううっ……」

浩太郎は脂汗にまみれた顔を歪め、恨みがましい眼つきで玲香を見た。どちらが気持ちがいいのか、正直言ってわからなかった。わかっていたとしても、それを口にするのは最低な人間のすることだろう。

その一方で、淑やかな美貌をもつ玲香に四文字卑語を連発されると、ぞくぞくするほど興奮してしまう。

「ねえ、どうなの？　わたしのオマンコのほうが気持ちいいでしょう？」

玲香は言いながら、左右の乳首をいじってきた。そこまでは麻沙美と一緒だったが、さらにキスまでねだってくる。唇と唇を重ねると、すかさず舌を差しだし、浩太郎の口内に侵入してきた。

「ぅんぐっ……ぅんぐぐっ……」

激しいまでに舌をからまされ、浩太郎は鼻奥で悶絶した。と同時に、麻沙美を突き

あげながら玲香とディープキスをしているシチュエーションに、興奮がレッドゾーンを振りきっていく。つるつるした女の舌の感触がどこまでもいやらしく、腰使いにも力をこめさせていく。

「はっ、はぁあああああああーっ！」

パンパンッ、パンパンッ、と音をたてて突きあげると、麻沙美は四つん這いのグラマーボディをよじらせて、よがりによがった。もはや羞恥心も消え去ったのか、みずから腰をくねらせ、巨尻を押しつけてくる。

「ああっ、いいっ！　パイパン同士の密着感すごいーっ！」

叫んでは、手元の絨毯をガリガリと掻き毟《むし》り、獣じみたあえぎ声を撒き散らす。

「……おおおっ！」

肉穴の締まりがにわかに増したので、浩太郎はキスを続けていられなくなった。真っ赤な顔で腰を振りたて、怒濤の連打を送りこむと、すさまじい勢いで射精欲がこみあげてきた。

「もっ、もう出そうですっ！」

浩太郎が叫ぶように言うと、

「わたしもっ！　わたしもイキそうっ！」

麻沙美が叫び返してきた。

「きっ、気持ちよすぎておかしくなりそうよっ……あああっ……はぁあああっ……イクイクイクイクイクーッ！」

蜜蜂のようにくびれた腰を激しく上下させ、

「はぁおおおおーっ！　はぁおおおおおおおおおーっ！」

淫らなまでの叫び声をあげて、オルガスムスに駆けあがっていった。

「でっ、出るっ……もう出るっ……」

肉穴が絶頂の衝撃でさらに締まると、浩太郎も我慢の限界を迎えた。

「もう出ますっ……出ちゃいますっ……」

首にくっきりと筋を浮かべて、ぶるぶる震えている巨尻の中心にフィニッシュの連打を送りこんでいく。ゴムを着けていない生挿入なので、このまま出すわけにはいかなかった。ずんっ、と最後の一打を打ちこむと、腰を引いてパイパンペニスをスポンッと抜いた。

「おおおうっ！」

次の瞬間、発情の蜜を浴びすぎて湯気が立ちそうな肉棒を、玲香がつかんできた。浩太郎は自分でしごいて出すつもりだったので、先手を打たれた格好だった。だがもちろん、女の手で放出を迎えたほうが快感は深く濃厚だ。

「おおおおーっ！　おおおおおーっ！　ぬおおおおおおおおーっ！」

雄叫《おたけ》びをあげて腰を反らせ、煮えたぎるように熱い粘液を、麻沙美の巨尻にぶちまけた。

ペニスの芯に灼熱《しゃくねつ》が走り抜けていっても、玲香は肉棒を離してくれなかった。容赦ないフルピッチでしごき続けてきたので、浩太郎は恥ずかしいほど身をよじり、情けない声をもらしながら、瞬《また》く間に最後の一滴まで放出しきった。

第四章　憧れ美女の秘密

1

それから十日ほどが過ぎた、週明けの月曜日のことである。

一日がいつになく不穏な感じでスタートした。

（どうしたんだろうな？）

始業時間が三十分過ぎても隣の席に早乙女菜々子が現れないので、浩太郎は心配になってきた。

時間厳守は社会人がもっとも大切にすべきマナーであると心得ている浩太郎は、毎朝始業の十分前に出社するようにしているけれど、菜々子がその時点でいなかったことは一度もない。外で待ち合わせているときも、いつだって先にいて待っているのが菜々子という女なのだ。

出張や外まわりの予定があればホワイトボードに書いてあるはずだし、浩太郎にも前もってひと言あるのが普通である。風邪でもひいたのかもしれないけれど、それならそれでホワイトボードになにか書いてあってもいいのに……。

（淋しいな、やっぱり……）

理想のタイプである菜々子が隣にいると緊張してカチンコチンになってしまうけれど、理由なき不在も耐えられなかった。菜々子のいない会社なんて、ルウのかかっていないカレーライスみたいなものである。

まったくやる気がしないので、午前中のうちに三度もトイレに立ち、最後のときに給湯室でお茶を淹《い》れていた花巻恭子《はなまききようこ》に声をかけた。恭子はまだ女子大生の尻尾を引きずっているようなゆるふわＯＬだが、菜々子と同期入社の同い年なので、親友であるらしかった。

「あのう……今日、早乙女先輩どうしたんですかね？」

「なんか具合悪いみたいよ。部長のところにＬＩＮＥ入ったって」

「はあ、そうだったんですか……」

浩太郎は溜息まじりに答えた。それならそれでホワイトボードに書いておいてくれればいいのに……。

「早乙女先輩、健康そうなのに具合が悪いなんて珍しいですね」

なんとなく訊ねてみると、

「体は健康でしょ」

恭子は意味ありげな口調で答えた。

「具合が悪いのはメンタル。もっと言えばハートでしょうねえ」

「どっ、どういうことですか？」

浩太郎が眉をひそめて訊ねると、

「ちょっとこっち来なさい」

恭子に袖《そで》を引かれ、給湯室の中に引きずりこまれた。給湯室のドアはいつも開けっ放しになっているのだが、恭子はすかさずそれを閉めた。

「あなた、口は堅い？」

「えっ、ええ……まあ……」

浩太郎は曖昧にうなずいた。

「守秘義務を遂行するのは、社会人として時間厳守の次に大切なことだと心得ておりますけども……」

「わたしもひとりで受けとめきれないからさ、ちょっと話を聞いてよ。もうすぐお昼休みだから、一緒にごはん行きましょう」

「かっ、かまいませんけど……」

いつもニコニコしている恭子がいつになく真剣な面持ちで誘ってきたので、浩太郎はうなずくしかなかった。

とはいえ、女性社員とふたりきりでランチに行くのなんて初めてだったから、ドキドキしたのも事実である。いつもはコンビニで買ってきた弁当やおにぎりを、ひとり淋しく食べている浩太郎だった。

（東京のＯＬのランチだから、パンケーキ屋さんとか行くんだろうなあ……）

しかし、甘い期待は軽やかに打ち砕かれた。恭子に連れていかれたのは、路地裏の雑居ビルに入っている薄暗いカフェだった。いや、喫茶店といったほうがぴったりくる年季の入った店で、実際看板には「軽食・純喫茶」と記されていた。

「ずっ、ずいぶん渋いお店ですね……」

ひとりで店を切り盛りしている白髪のマスターに聞こえないように言うと、

「内緒話をするにはいいところなのよ」

恭子はわざとらしく視線をキョロキョロさせながら言った。ランチタイムにもかかわらず、他には煙草をふかしながらスポーツ新聞を読んでいる世捨て人ふうの中年男や、イヤホンでラジオを聴いているお爺さんがいるだけだったから、なるほど聞き耳は立てられないかもしれない。

「でも、ナポリタンとか昔風の味つけでおいしいわよ。食べてみなさいよ」

「じゃあそれをいただきます」

浩太郎はナポリタンとホットコーヒーを、恭子はフルーツパフェとレモンティーを頼み、それを食べながら「内緒話」が始まった。

「昨日、日曜日だったじゃない？」

「はあ……」

浩太郎はナポリタンを頬張りながらうなずいた。たしかに濃いめの味つけでおいしかった。

「お昼すぎだったかなあ、わたし家でネットドラマを観てたんだけど、菜々子が泣きながら電話してきてね」

「えっ？」

浩太郎は眼を丸くした。ザ・キャリアウーマンといってもいい菜々子が、そんなことをするようには思えなったからだ。

「菜々子に婚約者がいるの、知ってる？」

浩太郎は思いきり首を横に振った。菜々子のプライヴェートなんて、ほとんどなにも知らないし、訊ねたこともない。

ただ、あれだけ綺麗な女を男が放っておくわけがなく、恋人や婚約者がいてもまったく不思議ではなかった。いや、いないほうがむしろおかしい。悲しくなるので、考えないようにしていたが……。

「いるのよ。イケメンのエリートサラリーマンが」

「……なるほど」

さぞや格好がよく、年収も高い男なのだろうと思いながら、浩太郎はうなずいた。

「ただし、女癖が悪い男らしくてねえ……」

恭子はパフェを食べながら次第に遠い眼になっていく。

「いままでもさんざん浮気されてきたし、菜々子はそのたびに許してきたわけ。そういう顛末《てんまつ》もわたし、逐一聞いてるんだけど、はっきり言ってクズなのよ。いくら見た目がよくっていい会社に勤めてても、見境なく女を口説《くど》く男なんて、女を不幸にする最低な存在よ。ねえ？」

「それはたしかに……クズだと思います」

「でしょ、でしょ。だからわたしは、さっさと別れたほうがいいって言ってるのに、菜々子は根が真面目だから『きっとわたしに足りないところがあったのよ』なんて言って、同棲まで始めて……」

「同棲ですか！」

意外すぎる事実だった。つまり菜々子は、男と一緒に暮らす家から毎日出社してきていたのか……。

「そうよう。べつに同棲自体はいいと思うわよ。結婚を決めるまで一定期間ひとつ屋根の下で暮らしてみて、お互いの生活のペースを知るってことはね。でも、相手の男は菜々子に家事を全部押しつけて女遊びし放題……信じられないでしょうけど、あの菜々子がね、家に帰ったら、浮気男のパンツ洗ったり、ごはんつくったりしてるんだから……」

「うーん……」

浩太郎はナポリタンを半分残してフォークを置き、腕組みをして唸った。同棲しているということは、相手の男はいつ何時でも菜々子を抱けるということに他ならない。外で別の女とやりまくっておきながら、家では菜々子を好き放題……なんとうらやましい……いや、許せない男である。

「それでね、それでね……」

恭子が話を続ける。

「さすがに菜々子も黙っていられなくなって、彼氏に問いつめたんですって。『わたしというものがありながら、あなたはどうして別の女に手を出すのか？』って、かなりシリアスに……」

「ツメて当然ですよ、そんなヤリチン野郎」

「そうしたら、なんて言い返されたと思う？」

浩太郎は首をかしげた。

「すごいわよ。『おまえには色気がないから抱いてもつまんない』ですって」

「嘘でしょ？」

「本当みたい。それで菜々子、泣きながらわたしに電話してきたんだもの。『ねえ、わたしって色気ない？』って……」

「あっ、ありますよね！　色気はどうかわかりませんが、綺麗だし、知的だし、凜《りん》としてるし……」

「それよ！」

恭子はクイズ番組の司会者が正解者を指差すように、こちらを指差してきっぱりと言った。

「綺麗で知的で凜としている女っていうのは、男の眼には色気がなく見えるわけ。言い方を換えれば、隙がないのよ。だからわたし、つい言っちゃったの。『たしかに色気はないかもしれないわねえ』って……」

「だっ、大丈夫だったんですか？」

浩太郎は震えながら訊ねた。

「ううん、『あなたなんてもう知らない！　絶交する！』って電話を切られた」

視線と視線がぶつかりあった。お互いにしばらく息をとめていたので、揃ってふーっと深い溜息をつく。

「そっ、それはつまり……全然大丈夫じゃないですねえ……」

「そうね」

「早乙女先輩が可哀相です。婚約者には浮気されたうえに暴言を吐かれ、親友にまでその暴言を肯定され……」

「まあ、あの子も馬鹿じゃないから、冷静に考えればわかってくれると思うけどね。わたしは事実を言っただけなんだから」

「そうかもしれないですけど……」

浩太郎は下を向いて押し黙った。

完全無欠に思える菜々子に思わぬ弱点が見つかったことに驚きを隠せなかったし、恭子も恭子なりに自分の考えを伝えただけだろう。諸悪の根源はヤリチン浮気野郎に決まっているが、元をただせば彼を選んだのは他ならぬ菜々子自身——大人の世界は複雑だと思うしかなかった。

2

夕刻、会社を出た浩太郎は足元を眺めながらトボトボと歩きだした。

ＪＲ有楽町駅から電車に乗りこんだが、考え事をしていたせいで、気がつけば自宅のある大久保駅まで来てしまった。

今日は家に帰るつもりはなく、通勤用のリュックの他に、着替えの詰まったボストンバッグを持っているのに……。

（失敗したな。新宿で漫画喫茶を探そうと思ってたのに……）

今日という今日は、家出をするつもりだった。子供じみた反抗の仕方であるが、もはや実力行使しなくてはどうにもならない状況になっている。

家に帰れば、麻沙美と玲香が待っている。立地もいいし、広々として快適な家だが、いまの浩太郎には鬼の棲家としか思えない。

夫婦関係をこじらせた三十一歳の人妻ふたりは、溜めに溜めこんだストレスをセックスで解消することに決めたようだった。最初は３Ｐにドン引きしていた麻沙美さえ、いまでは完全に開き直って肉欲の亡者と化している。

「男に気を遣わなくていいセックスって、なんて気持ちいいの」

麻沙美が噛みしめるように言えば、

「わたし、セックスが気持ちいいって思ったの、生まれて初めてかもしれない」

玲香は遠い眼で感慨に耽る。

「いい歳して恥ずかしがったり、いやいやしたり、演技でやってるっていい加減気づいてほしいわよね、まったく」

「同じ男なのに、うちの草食系おじさんと浩太郎くんじゃ月とすっぽん。こんなに精力絶倫なのって、若さだけのせいじゃないと思う」

「べっ、べつに精力絶倫ってわけじゃないですよう……」

浩太郎はいつも、涙ぐみながら答えている。射精しても射精しても、ふたりが次のまぐわいを求めてくるからである。

平日は会社から帰るなりセックス、セックス……週末は朝から晩までセックス、セックス、セックス……。

毎日毎日、くたくたになるまで精力とスタミナを搾りとられ、それが一週間以上も続いてうんざりしている。

だがその一方で、迫られると断れないのも、また事実なのだ。人妻ふたりの押しが強いせいもあるが、彼女たちが放つ濃厚なフェロモンに、男の本能が反応してしまうからである。頭や心で拒絶しても、二十三歳のオスの体は、いつだってメスの色気の軍門にくだってしまう。

(色気か……)

大久保駅の階段をおりていきながら、浩太郎は考えを巡らせた。

恭子によれば、女の色気とは隙があることらしい。彼女いない歴=年齢の浩太郎でも、言いたいことはなんとなくわかる。その一方で、麻沙美と玲香のふたりは、隙なんかないのにお色気むんむんだ。ダダ漏れするほど過剰な色気があるから、悩殺され、翻弄《ほんろう》されずにはいられないのである。

（あのふたりが特別なのかもしれないけど、隙はなくても色気がある人って、絶対いるよなあ……）

改札を出ると、自宅とは反対方向にある繁華街に向かって歩きだした。憧れの菜々子の複雑なプライヴェートを知ってしまったこともあり、今夜はひとりでゆっくり考え事をしたかった。ホテルに泊まるような贅沢はできないけれど、漫画喫茶の個室なら安く泊まれるはずである。

（どうしたもんかな……）

どこでもいいからさっさと店に入ってしまえばいいのに、なんとなく新大久保から新宿歌舞伎町に足が向いてしまう。あてがあるわけではなく、それがかつての散歩コースだったからだ。

新宿には百貨店がいくつもあるから市場調査にはもってこいだし、新宿御苑まで足を伸ばせば緑の木々や池の亀に癒やされる。とはいえ道中には、無闇に関わると火傷《やけど》しそうなデンジャラスゾーンが待ち受けているのが、東洋一の歓楽街だ。

最初に歌舞伎町に足を踏み入れたときはびっくりした。

ネットで読んで噂としては知っていたが、十代や二十代のうら若き女たちが、路上に立って自分を売っている。正確には、セックスしてお金をもらえる相手が声をかけてくるのを待っている。「立ちんぼ」というその違法行為が、白昼堂々行なわれているのを目の当たりにして、さすがにのけぞってしまった。夜の帳《とばり》がおりたいまは、昼間よりも立ちんぼの数が多い。

（おいおい、あんなに可愛い子がお金を出せばセックスさせてくれるのか？　あっちの子もレベル高っ……）

うつむいてそそくさと通り抜けようとしつつも、どうしたって横眼でチラチラ見てしまう。少女趣味というか、過剰に若づくりした彼女たちのファッションには興味を惹かれなかったし、タイプでない子ばかりが立っているのだが、見ずにはいられないのが男の性《さが》というものだろう。

（……んっ？）

立ちんぼをやっている女たちは、数メートル置きにポツポツと立っているのだが、異色の存在を発見した。遠眼にも凜としたたたずまいで、装いは濃紺のタイトスーツにハイヒール――浩太郎のストライクゾーンのド真ん中と言っていい、キャリアウーマンふうの大人の女だった。

（ああいう人も、お金次第でセックスさせてくれるのか……）

自然と足取りが速くなったが、浩太郎が近づくより先にふたりの男が彼女に声をかけた。浩太郎には金を出して一戦交える気など毛頭なかったのでべつにいいのだが、どうにも様子がおかしかった。

「やめてください！　触らないで！」

「いいじゃねえか、金は出すから3Pさせろよ」

「いやです！」

「ふざけんじゃねえぞ」

キャリアウーマンに迫っているふたりの男は、どう見ても不良の類いだった。ひとりはスキンヘッドで、もうひとりは首にドラゴンのタトゥー。そのせいでとめに入る人もなく、側にいた立ちんぼたちも迷惑そうな顔で立ち去っていく。

もちろん、浩太郎もとめに入るつもりなどなかった。子供のころから喧嘩などしたことがない平和主義者だし、相手はイカつい不良がふたり。とめに入ったところで、痛い思いをするだけだ。

しかし……。

（嘘だろ……）

女の顔を見た瞬間、浩太郎の足はとまった。心臓までとまりそうになったくらい、仰天してしまった。

「さっ、早乙女先輩っ……」

からまれていたキャリアウーマンふうの女は、会社でデスクを並べている菜々子だった。一瞬似ているだけかと思ったが、声まで同じだから本人に間違いない。どういう事情で立ちんぼなんてやっているのかわからなかったが、そんなことを言っている場合ではなかった。

「ちょっと待ってください！」

浩太郎は自分でも驚くくらい躊躇《ちゅうちょ》なく、不良と菜々子の間に割って入った。覚悟を決めたり、勇気を振り絞る暇もなかったから、ほとんど衝動的な行動だった。

「なんだテメエ……」

不良たちが凄んできたので、

「ぼぼぼっ、僕はこの人の知りあいです」

浩太郎は恐怖に上ずった声で言った。

「それがどうした？」

「待ち合わせしてただけで、立ちんぼじゃないんです。そういう人じゃないですから、勘弁してください」

「なに言ってんだ、この野郎！」

スキンヘッドが繰りだしてきた大振りの右フックを、浩太郎は間一髪でよけた。それだけでも奇跡だったが、流れた右フックはドラゴンタトゥーの男の左頬をとらえた。タトゥーが「ぐえっ！」と悲鳴をあげて倒れ、スキンヘッドがうろたえたので、

「行きましょう！」

浩太郎は菜々子の手を取って走りだした。

3

「大丈夫ですか？」

暗い夜道を早足で歩きながら、浩太郎は訊ねた。歌舞伎町を脱出して職安通りを渡り、新大久保界隈までやってきていた。

「うん……ありがとう……」

菜々子はうつむいたまま小声で答えた。彼女の手を、浩太郎は握っていた。最初は不良たちから逃がれるために手首をつかんだのだが、いつの間にか手を握っており、彼らをまいてからもそのままだった。菜々子のほうからも、浩太郎の手を握ってきたからである。

念のため路地裏を何度も曲がって大久保通りに出ると、

「タクシー、つかまえますね」

浩太郎は手をあげようとしたが、

「やめて……」

菜々子は首を横に振った。

「どうしてです？　家に帰ったほうがいいですよ」

うつむいてばかりいる菜々子から言葉は返ってこなかったが、握った手を引っ張られた。車道から離れるように——どうにもタクシーには乗りたくないらしい。

（どういうことだ？　電車で帰りたいのか？）

浩太郎は混乱している頭を整理しようとした。不良たちから女を救い、女の手を取って走りだすなんて、自分らしくない大立ちまわりをしたあとだったから、アドレナリンがどばどば出ていた。意識して冷静にならないと、まともに思考が働いてくれそうになかった。

（タクシーに乗りたくないということは……無駄遣いをしたくない？　でも、そんなこと言ってる状況じゃないよな……）

一歩間違えればイカつい不良にふたりがかりでラブホテルに連れこまれ、無慈悲に犯し抜かれていたかもしれないのである。未遂で終わったとはいえ、危険な目に遭ったことには変わりなく、少なからず傷ついているはずなのに……。

（いや、お金がないから立ちんぼなんかしようとしたのかもしれないぞ。だとしたらタクシー代をケチッても不思議じゃないかも……はっ！）
浩太郎は自分で自分をぶん殴ってやりたくなった。菜々子はタクシーに乗りたくないのではなく、家に帰りたくないのだ。家に帰りたくない事情なら、昼間耳にしたばかりではないか。

菜々子は同棲相手の婚約者と喧嘩中なのである。

となると、日ごろ世話になっている後輩としては、リラックスできる酒場にでもエスコートしてやるのが、せめてもの心づくしになるのかもしれなかった。込みいった恋愛話の相談相手にはなれないだろうけれど、ほんの束の間でも安らいでもらうことはできるはずだ。

しかし、上京してきたばかりの浩太郎に知っている店なんてないし、店を探してうろうろしていれば、先ほどの不良に見つかってしまうリスクもある。どうしたものかと手をこまねいていると、スマホがＬＩＮＥの着信音を鳴らした。

「ちょっとすみません」

菜々子から手を離し、ポケットからスマホを出した。

――いまから玲香と飲みにいってくる。

麻沙美からだった。

――横浜に住んでいる友達のとこに行くから、今夜は泊るね。でも、ひとりになったからってオナニーしちゃダメよ。精子をしっかり溜めておきなさい。

人としてどうかと思うような文面に浩太郎は酸っぱい顔になったが、朗報と言っていいだろう。リラックスできる酒場は知らなくても、ここから自宅まで歩いて十分もかからないのだ。麻沙美や玲香が不在であれば、家に連れていってゆっくり休んでもらうことができる。

麻沙美や玲香は、盛りのついたメス猫のように発情しているうえ、無神経だった。悪気はないかもしれないが、なにを言いだすかわからない。そんな連中に引きあわせ、ナイーブな菜々子をこれ以上傷つけるわけにはいかない。

「あのう……」

浩太郎は渡りに船とばかりに切りだした。

「実は僕の家、歩いてすぐなんですよ。ちょっとそこで休んでいきません？　あっ、ご心配には及びませんから。ひとり暮らしじゃなくて、いとこの女性も一緒に住んでいるんです。しかも、その女友達も居候を決めこんでますんで、変なことしたりは絶対にありません」

麻沙美と玲香が不在であるからこそ菜々子を連れていくのだが、嘘も方便というやつである。いや、一緒に住んでいるのは嘘ではないし、変なことをするつもりもないので、許される範囲の誘い文句だろう。

「そうなんだ。ずいぶんいいとことに住んでいるのね……ちょっと疲れちゃったから、休ませてくれると助かるな……」

菜々子はうつむいたまま答えた。声音がひどく弱々しかった。彼女は浩太郎より三歳上だが、普段はもっと大人に見える。仕事もできるし、表情は凜々《りり》しく、所作はエレガントだからだ、しかし、今日ばかりはそんな雰囲気が微塵もうかがえず、保護欲すらそそられた。

自宅に到着すると、浩太郎と菜々子はリビングで掘りごたつに入り、発泡酒を飲んでひと息ついた。

（うーむ、申し訳ない……）

極上のシャンパンをフルートグラスで飲むのが似合いそうな菜々子に、発泡酒を缶のまま飲ませるのは気が引けたが、この家にはシャンパンなんてない。伯父の秘蔵ワインならセラーにたくさん眠っているけれど、ルール無用の麻沙美ではないのだから、それを飲むわけにもいかない。

「喉渇いてたから、おいしい……」

ボソッと言った菜々子は、相変わらずうつむいたままだった。

家にいとこやその女友達がいなかったことを、彼女はあまり気にしていないようだった。浩太郎は「飲みにでも行ったのかなあ」と適当な言い訳をしただけだったが、菜々子は誰もいないことにむしろホッとしているように見えた。よけいな気を遣わなくてすんだ、と思っているのかもしれない。

「なんかごめんね、みっともないとこ見せちゃって……おまけに助けてもらって……浩太郎くんって、見かけによらず度胸あるのね」

「いやいやいや……」

浩太郎は照れ笑いを浮かべて頭を掻いた。

「たまたまうまくいってよかったですけどね。僕、子供のころから喧嘩なんてしたことないから、普通だったらぶっ飛ばされてましたよ」

「でも助かった……ありがとう……」

菜々子が言葉を切ると、気まずい沈黙がふたりの間に漂った。

（まずいな、話題がないぞ……）

会社でデスクを並べているとはいえ、浩太郎と菜々子はそれほど仲がいいわけではない。浩太郎がいつもカチンコチンに緊張しているので会話ははずまないし、菜々子は無用なおしゃべりはしないタイプだ。

（どうして立ちんぼなんかやってたのか、訊《き》いてみたいけど……）

浩太郎は気まずさに耐えながら、押し黙っているしかなかった。菜々子の悩みを受けとめるには、自分の器は小さすぎる。

しかし菜々子は、

「わたし、いつもあんなことやってる女じゃないのよ……」

問わず語りに話しはじめた。

「立ちんぼなんてやったの初めてだし、風俗とか水商売とか、そういうものとも無縁に生きてきたし……でも、どうしても自分の女としての価値を知りたくて……」

「女としての価値、ですか……」

嫌な予感がした。それ以上言わないでくれ、と思いつつも、浩太郎は話を遮ることができなかった。

「そう。お金を出してまで、わたしを抱きたい男の人っているのかなって思って、試してみたっていうか……」

「いるに決まってるじゃないですか！」

浩太郎は身を乗りだして言ったが、菜々子はふっと笑い、

「それがいなかったのよ。一時間立ってたけど、声をかけてきたのは、さっきの怖いふたり組だけ」

「嘘でしょ」

「本当」

菜々子は力なく溜息をついた。

「わたし自惚《うぬぼ》れてたんだなあって、思い知らされた。人の価値は見た目だけじゃ計れないけど、自分は見た目もまあまあイケてると思ってた……滑稽よね、そんな女って……本当に恥ずかしい……」

「早乙女先輩は高嶺の花すぎて、ああいう場所じゃ人気なかっただけじゃないですかね。絶対そうだと思います」

「でも、事実として人気なかったのよ。若い男もおじさんも、お金を出してまでわたしを抱こうとはしなかった……最近ね、ある人に『おまえには色気がない』って言われたんだけど、まあそういうことなんでしょう……」

せつなさが胸に迫り、浩太郎は言葉を返せなかった。

菜々子を色気がないと侮辱したのは、同棲中のヤリチン野郎である。そんなの浮気の言い訳に過ぎないのに、まともに受けとめて立ちんぼまでやってしまう、菜々子のピュアさに涙が出てきそうだ。

「色気なんてなくたっていいじゃないですかっ！」

浩太郎は叫ぶように言った。

「僕だって男だからお色気むんむんの女の人が大好きですけど……でも……でも、早乙女先輩は綺麗だし、仕事もできるし、やさしいし、きちんとしているし……こっ、心から尊敬してますっ！」

「……ありがとう」

菜々子は愁《うれ》いを帯びた横顔に、ほんの少しだけ笑みを浮かべた。

「尊敬してるっていうか、憧れてますっ！　あの不良たちより先に僕が先輩を見つけてたら、絶対お客さんになってましたっ！」

言ってから、しまったと思った。年若い浩太郎は、女の慰め方を知らなかった。思ったことをそのまま口にするのは、大人のすることではない。数万円で菜々子が抱けるならぜひとも抱かせてもらいたいものだが、それを口にするほどゲスいことはないのである。

しかし、勢いあまった浩太郎の言葉を聞いた菜々子は、

「本当？」

にわかにおかしな眼つきになって問い返してきた。

「本当に、わたしのこと買ってくれた？」

ごくり、と浩太郎は生唾を呑みこんだ。いつだって涼やかな菜々子の切れ長の眼がねっとりと潤んでいたからだった。

なるほど、浩太郎にしても、会社でデスクを並べている彼女に色気を感じたことはない。悪い意味ではなく、色気を感じる隙がないほど、菜々子が完璧な女だからであ

る。

しかし、いまばかりは色気を感じてしまった。それも、この家に巣くう人妻たちのように、欲求不満をドロドロに煮込んだようなドドメ色の色気ではなく、綺麗に澄みきった清らかな色気があふれでている。

菜々子は不意に、掘りごたつから出て立ちあがった。

「こっち来て」

「えっ？　はい……」

浩太郎がわけがわからないまま立ちあがると、菜々子は身を寄せてきた。ハイヒールを履いていない彼女は、普段の印象より少し背が低かった。上眼遣いでこちらを見てから、赤い薔薇《ばら》の花のような唇を差しだしてきた。

（マッ、マジかっ……）

浩太郎は焦った。菜々子はあきらかにキスを求めていた。彼女には同棲中の婚約者がいるらしいから、キスしていいわけがないのに……。

「うんんっ！」

気がつけば浩太郎は、菜々子と唇を重ねていた。彼女は同棲相手とトラブルを抱えている。そういう女と関係をもてば、自分もトラブルに巻きこまれる可能性が高いということである。

それでも浩太郎は、菜々子のキスを拒むことができなかった。たとえこの先に地獄めぐりが待っていようとも、なんなら同棲相手のヤリチン野郎から彼女を奪ってしまいたいとさえ思う。

（やるじゃないか、俺も……）

浩太郎は自分で自分に感心した。上京したばかり、新入社員になったばかりのころなら、とてもこんなふうに振る舞うことなどできなかったはずだ。

半ば強引に誘惑されたとはいえ、麻沙美や玲香と関係をもって童貞を失い、あまつさえ3Pのごときアブノーマルプレイに溺れているうちに、女に対する免疫ができたのだろう。

もうこれ以上、発情人妻コンビの欲望の捌《は》け口にされたくはなかったが、彼女たちのおかげで男として成長したことは疑いようのない事実かもしれない。理想のタイプであり、高嶺の花であるザ・キャリアウーマンを抱きしめていても、足元から自信がこみあげてくる。

4

ふたりで二階に移動した。自室に入ってドアを閉めた。そこにベッドがあるからではなかった。

リビングで唇を重ね、熱い抱擁を交わし、舌と舌とをからめあうと、浩太郎は天にも昇るような気持ちになった。理想の女とディープキスができただけではなく、どう考えてもその先まで進めそうだったからである。

ところが、いよいよタイトスーツに包まれた女らしいボディをまさぐりはじめようとしたとき、玄関扉が開く気配がし、ドヤドヤと人が入ってきた。麻沙美と玲香が帰ってきてしまったらしい。

(ちょっ……まっ……今日は泊りじゃなかったのかよ……)

浩太郎はパニックに陥《おちい》りそうになった。菜々子を発情人妻コンビに会わせたくはなかったが、掘りごたつに入って発泡酒を飲んでいる状況なら、これほどあわてることはなかっただろう。

お世話になっている会社の先輩だときちんと紹介し、そそくさと出ていけばいいだけだったが、舌をからめあうキスまでしてしまったことで、菜々子はすっかり女の顔になっていた。麻沙美や玲香がそれを見逃すはずがなく、いじられたり、からかわれたりすることは眼に見えている。

しかも菜々子は超のつく美人であり、麻沙美や玲香よりも五歳ほど若い。女が嫌いな女は、自分より若くて綺麗な女だと相場は決まっている。嫉妬心さえメラメラと燃やして意地悪な言動をとるかもしれず、そんなことをされたら、せっかくキスまでした菜々子との関係が台無しになってしまう。

「上に行きましょう」

浩太郎は菜々子の手を取り、階段を昇っていった。ディープキスをしたせいだろう、菜々子はちょっとぼうっとしていたから、浩太郎の不審な行動を問いただすことなく、黙って二階についてきた。

「おーい、浩ちゃーん。浩太郎ーっ！」

「おみやげ買ってきたから、下に降りてきなさいよーっ！」

一階から、麻沙美と玲香が声をかけてきた。ふたりともすっかりできあがっているようで、呂律《ろれつ》がまわっていなかった。

浩太郎は弱りきった顔になり、

「ホントすみません……」

と菜々子に謝った。

「うちのいとことその女友達、とってもいい人なんです。それはそうなんですけど、異常に酒癖が悪いのだけは困りもので……いま先輩を紹介してもろくなことにならないような気がしますから、ちょっと待っててもらえますか。下に行って、ふたりを酔いつぶしてきますから」

酒が強そうなふたりを酔いつぶす自信など、まったくなかった。しかし、放っておいたら二階にあがってきそうだったので、自分が降りていくしかなかった。

(なんなんだよ、まったく……いいころで邪魔しやがって……)

浩太郎は沸々とわきあがってくる怒りをいったん抑え、

「いったいどうしたんですか?」

ショボつかせた眼をこすりながらリビングに入っていった。わざとらしい演技だったが、まあしかたがない。

「僕、もう寝てたのに……泊りじゃなかったんですか?」

麻沙美と玲香はまだ、掘りごたつに入っていなかった。外出用にめかしこんだシックなワンピース姿で立っていたが、ふらふらと足元が覚束ない。

「それがさあ……」

麻沙美が泥酔しきった赤ら顔で言った。

「遊びにいった先の友達がいきなり夫婦喧嘩を始めて、居づらくなっちゃったのよ」

「で、しかたなくその子んちの近くの薄汚いスナックで飲みはじめたら……」

玲香の淑やかな美貌もかなり赤くなっている。

「秘蔵のどぶろくっていうのが出てきて、それがまたおいしくってね。ベロベロになっちゃったんだけど、泊まるところないし、終電に近いと電車も混むだろうから、早めに切りあげて帰ってきたわけ」

浩太郎は、呆れたようにはーっと息を吐きだし、ふたりを睨んだ。麻沙美も玲香もヘラヘラ笑っているばかりなので、本当に腹が立つ。

「わかりましたから、続きは静かにやってくださいよ。僕はもう寝ますから……ってゆーか、もう寝てましたから……」

「ええっ？　だってまだ十時過ぎよ。寝るの早くない？」

玲香が怪訝《けげん》そうに眉をひそめると、

「だいたいあんた、そんな格好で寝てたわけ？　馬鹿じゃないの」

麻沙美が呆れたように吐き捨てた。

「えっ？」

浩太郎は一瞬、顔色を失った。帰宅してから着替えていなかったので、まだスーツ姿だったのをすっかり忘れていた。

「だっ、だからそのっ……スーツも脱げないくらい、疲れきってるんですよ！」

顔を熱くしながら反論する。

「毎晩毎晩明け方近くまで付き合わされて……僕が疲れているのはおふたりの責任でもあるんで、今日くらいは早寝させてください」

麻沙美と玲香は意味ありげに目配せしあうと、

「そうはいかないわよねえ」

「おみやげ買ってきてあげたから、連れないこと言わないで」

ニヤニヤと卑猥な笑みを浮かべた。

「帰りにふたりで、ディスカウントショップに入ったのよ」

玲香が巨大なレジ袋をガサゴソと探る。その黄色いレジ袋には、日本人なら誰でも知っている有名ディスカウントショップのロゴが入っていた。

「そこで酔った勢いで買っちゃったの」

取りだされた箱の中身は、電気マッサージ器だった。女の細腕ほどもありそうなそれは、ＡＶ好きならよく見かける代物《しろもの》だ。元々は肩や腰をマッサージするために開発されたらしいが、いまではもっぱら大人のオモチャとして使用されている。

「一度使ってみたかったのよねー」

麻沙美がニヤリと笑うと、

「わたしも、わたしも。夫や姑がいる家なら持って帰れないけど、ここならね……」

玲香もひどく楽しげに電源コードをコンセントに差す。

「ばっ、馬鹿なこと言ってないで、静かに飲んでてもらえませんか？」

浩太郎は呆れた顔で言った。恐ろしい女たちだった。毎日あれほどセックスばかりしていたのに、まだ新たなる刺激を求めているのか？　ふたりの底知れぬ欲望の深さに、激しい眩暈《めまい》が襲いかかってくる。

玲香がスイッチをオンにすると、電マのヘッドがブゥーンと唸りをあげて振動しはじめた。

（さっ、さすが本物……けっこう迫力あるんだな……）

ＡＶでしか電マを見たことがなかった浩太郎は、一瞬眼を奪われた。電マによってイキまくらされるＡＶ女優の艶姿《あですがた》が走馬燈のように脳裏を流れていったが、そのおかげで隙ができてしまったらしい。

「えっ……」

麻沙美に後ろから羽交い締めにされると、玲香がすかさず電マのヘッドを浩太郎の股間にあててきた。

「うっ、うおおおおおーっ！」

浩太郎はのけぞって声をあげた。電マの機械的な振動が、経験したことのない快楽となって体の芯まで響いてきた。ズボンの上からあてがわれただけで、まさかこれほど強い刺激が訪れるとは思っていなかった。

勃起するまで、三秒とかからなかった。そもそも浩太郎は、菜々子とディープキスをした時点で勃起していたので、いまでも半勃起状態だったのだ。それを生まれて初めて経験する電マの振動で刺激されたのだからたまらない。

「やっ、やめてっ……やめてくださいっ……」

女のようなか細い声で哀願した。

「ぼぼぼっ、僕は今日、寝るんですっ……絶対に寝るんですっ……眠くて眠くて死にそうなんですっ……」

二階の自室には、菜々子が待っているのだ。同棲相手のヤリチン野郎に裏切られ、したたかに傷ついている憧れの先輩と、いまならセックスできそうなのだ。

「だから眼を覚ましてあげてるんでしょう？」

背後にいる麻沙美が甘ったるい声でささやき、生温かい吐息を耳に吹きかけてくる。さらには耳殻をねろねろと舐めだし、浩太郎は恥ずかしいほど身をよじる。

「そんなにあわてて寝ることないじゃない……」

玲香は左手に持った電マを浩太郎の股間にあてがいながら、右手でネクタイをゆるめ、ワイシャツのボタンをはずしてきた。

「今夜もたっぷり楽しみましょうよ。オチンチン大きくなってるんだから」

「ダッ、ダメッ……ダメですっって……ぬおおおおおーっ！」

乳首をねろねろと舐めまわされ、浩太郎は悶絶した。電マの刺激を受けつづけているズボンの中のイチモツは、限界を超えて硬くなっていくばかりだ。

5

発情人妻コンビが有名ディスカウントショップで買い求めてきたものは、電マだけではなかった。巨大な黄色いレジ袋の中には、他にもセックスのための卑猥な小道具が詰めこまれていた。

まず、ＳＭプレイなどで使用されるボンテージテープで後ろ手に拘束された。文具のガムテープとは違い、非粘着で簡単に剝《は》がせるものだが、拘束されている人間は簡単に剝がすことができない。

さらに、アイマスクで目隠しをされた。もはや拉致監禁の被害者のような格好で床に転がされた浩太郎は、真っ暗な視界の中で涙を流しそうだった。

（さっ、早乙女先輩っ……菜々子さんっ……）

憧れの女と一戦交え、その後の展開によっては付き合うことさえできそうな千載一遇のチャンスを前に、この仕打ちはあんまりだった。傷心の菜々子はいまも悲しみの涙を流しているかもしれないのに、慰めてやることもできないなんて……。

「さあ、準備完了」

麻沙美がアイマスクを取った。

（えええっ……）

浩太郎は眼を見開いて絶句した。アイマスクで視界を奪われている間に、ふたりは着替えていたのだ。先ほどまでシックなワンピースを着ていたのに、麻沙美は白いナース姿に、玲香は黒い小悪魔になっていた。

もちろん、どちらもセックスを盛りあげるための安っぽいコスプレで、それもまた有名ディスカウントショップで買い求めてきたのだろう。

「一度やってみたかったのよねー」

「そうそう、けっこうイケてると思わない？」

麻沙美と玲香はすっかり悦に入っているが、コスプレなんて三十一歳の人妻がすることではなかった。しかも、つくりこまれた本物の衣装ならともかく、泣けてくるほどチープな素材とデザイン――だが逆に、その激しいミスマッチが、人妻の色気を際立たせているとも言える。

麻沙美のナース服は胸元が大きく開いて巨乳の深い谷間を見せつけているし、玲香の小悪魔衣装はやたらとぴったりしてスレンダーなボディラインを強調している。さらにどちらの衣装もやたらと丈が短く、ふたりが悪戯《いたずら》っぽく腰を振ると、衝撃的な光景が眼に飛びこんできた。

（ノッ、ノーパンッ！　ノーパンじゃないかっ！）

麻沙美はつるつるのパイパンで、玲香は黒々とした草むらの持ち主——キャラクターは正反対でも、ノーパンの衝撃はどちらも似たようなものだった。割れ目や陰毛がチラチラ見えている前からもいやらしいが、お尻がふくらんでいる後ろからの眺めもセクシーすぎる。

「さあ、どうしてくれましょうか……」

「わたしたち、ちょっとオコだからね。せっかく気分よく帰ってきたのに、浩太郎くんが早寝するなんて言うから……」

「かっ、勘弁してくださいっ……」

浩太郎は滑稽なくらい声を震わせて言った。

「今日はっ……今日だけは、本当に早寝したいんですよっ……」

「そんなこと言ってぇ……」

麻沙美が浩太郎の股間をすりすりと撫でてくる。まだズボンは穿いたままだが、勃起はおさまることなく、もっこりした男のテントを張っている。

「こっちはもうお目覚めじゃなーい」

玲香がベルトをはずし、ブリーフごとズボンをめくりさげる。勃起しきったペニスがブーンと唸りをあげて反り返り、湿った音をたてて下腹を叩く。

「うわあっ、すごーい」

「今日も素敵な元気さね」

麻沙美と玲香はきゃあきゃあ言いながら、反り返ったペニスに手を伸ばしてくる。麻沙美が肉棒をすりすりとしごけば、玲香が睾丸をモミモミし、鈴口からじわりと先走り液が噴きこぼれると、競うようにして唇を押しつけ、チュッ、チュッ、チュッ、と吸ってくる。

「やっ、やめてっ……やめてくれえっ……」

浩太郎は激しく身をよじったが、後ろ手に拘束されていては為す術もない。無理を承知で拘束をとこうとしても、顔が燃えるように熱くなっていくばかりである。

(こっ、こんなところ、先輩に見られたらっ……)

喜悦と恥辱に悶絶しつつ、熱くなった顔に冷や汗が浮かんでくる。いくら菜々子が悲嘆に暮れていても、「ちょっと待ってて」と言ったまま延々と放置しておけば、様子を見に来るかもしれない。ただでさえ、麻沙美と玲香はきゃあきゃあはしゃいでいるし、酔っているから声も大きい。菜々子でなくても、いったいなにをやっているのかと、不審に思わないほうがおかしい。

「浩太郎くんのオチンチンって、立派なだけじゃなくておいしそうよねえ」

玲香が言い、亀頭を口唇に含む。飴玉《あめだま》をしゃぶるようにしゃぶりまわしては、麻沙美と交替する。麻沙美は玲香と対抗するように、口内でねろねろと舌を動かしては、ねちっこく亀頭を舐めまわしてくる。

「ぐぐっ……ぐぐぐっ……」

浩太郎は歯を食いしばって身悶えた。人間性はともかく、麻沙美と玲香はいずれ劣らぬ容姿の持ち主なのだ。可愛らしいアニメ顔の麻沙美と、淑やかな美貌の玲香――だがふたりとも、欲求不満を溜めこんでいるうえ、夫に絶望して開き直っている。ただでさえお色気むんむんなのに、欲望を剝きだしにして、顔中が唾液まみれになるのもかわまずWフェラに没頭している。

（たっ、たまらんっ……こんなのたまらないよっ……）

浩太郎が正気を失いそうなほど感じてしまうのは、いつものことだった。今日こそは3Pを断ろうと思っていても、彼女たちにWフェラをされた瞬間、すべてがどうでもよくなっていく。女運に恵まれているとは言えない我が人生、こんな幸運がこの先にもあるとは思えないから、どうしたって意地汚くなってしまう。

「あーん、すごいお漏らししてるぅー」

麻沙美が鈴口を指で触って糸を引かせれば、

「ねえ、浩太郎くん、キスしよう、キス」

玲香はポジションを変えて横側から身を寄せてくる。浩太郎の顔を両手で挟んで強引に唇を重ね、口内に舌を差しこんでくなくなと動かす。

「ぅんぐっ！　ぅんぐぐぐっ……」

玲香にチューッと舌を吸われると、浩太郎の息はとまった。玲香はさらに、左右の乳首をコチョコチョとくすぐってくる。ネクタイを完全にはずされないまま、ワイシャツのボタンだけをはずされた情けない格好で、乳首の刺激に悶絶させられる。

（こっ、こんなのっ……こんなのっ……）

ほとんどレイプではないか、と浩太郎は思った。しかし、風俗店で似たようなプレイをすればいくらとられるかわからないし、そもそも風俗店には麻沙美や玲香のような素人の美人妻はいない。いくら金を積んでもいいから浩太郎の立場と変わりたいと思っている男が、世間にはいくらでもいるのではないだろうか。

それに、ふたりの愛撫に浩太郎の体はしっかり反応しているから、レイプと言いきるには無理があった。

「ぅんぐっ！　ぅんぐっ！」

玲香のディープキスに翻弄されながらも、意識は麻沙美にしゃぶられているペニスにとらわれている。唇をスライドさせながら根元を手指でしごいてくる麻沙美の口腔奉仕は、どこまでもいやらしく、男のツボを心得ている。ともすれば暴発しそうになるペニスを緩急自在に操《あやつ》って、イキそうでイケない気持ちがよすぎる状態を保ってくれている。

いや……。

ごく短時間のことなら、イキそうでイケない状態は桃源郷をさまよっているような気分なのだが、時間が長くなってくると次第に苦痛になってきた。射精寸前まで追いこまれ、フェラや手コキがぴたりととまるのを十回以上も繰り返されると、浩太郎は脂汗をダラダラと流しはじめた。

（だっ、出したいっ……もう出したいっ……）

延々と続く寸止め生殺し地獄に、思考回路はショートした。二階の自室で菜々子が待っていることも忘れて、射精のことしか考えられなくなっていく。

「あっ、あのうっ！」

たまらず上ずった声をあげた。

「そっ、そんなに意地悪しないでくださいっ！」

「はあ？　意地悪ですって？」

可愛い顔を唾液で濡れ光らせている麻沙美が、こちらを見て片眉をあげた。

「べつに意地悪なんてしてませんけど、変なこと言わないでちょうだい」

「でっ、でもっ……でもっ……」

「浩太郎くん、もしかしてもう出したいの？」

玲香が妖しい手つきで顔中を撫でまわしてくる。

「ううっ……」

浩太郎がコクコクとうなずくと、

「さっきと言ってることが違うじゃないのよ」

麻沙美がキッと睨んできた。

「今日は早寝がしたいんじゃありませんでしたっけ？」

「そっ、それはっ……」

言葉につまった浩太郎の両眼は、興奮でギラギラと血走っていた。こんな状況で眠れるわけがないし、そもそも早寝がしたいなんて嘘である。

「でも、出したいってことは、気持ちがいいってことよね？」

玲香が訊ねてきたので、浩太郎はもう一度コクコクとうなずいた。玲香のほうが麻沙美より一・五倍ほどやさしいので、出させてほしいという願いをこめて、すがるような眼を向けてみたが……。

「じゃあ、もっと気持ちよくしてあげる……」

玲香はくるりと体を反転させた。こちらにヒップを向けた四つん這いになり、顔をペニスに近づけていく。

(みっ、見えてるっ！　見えてるよっ！)

小悪魔コスプレの黒いワンピースは丈が異常に短いから、四つん這いになると小ぶりなヒップが丸見えになった。さらに桃割れの間からは、黒々と茂った草むらまで見えている。

浩太郎は眼福《がんぷく》に溺れそうになったが、次の瞬間、ペニスに刺激が訪れた。ペロペロッ、ペロペロッ、と両サイドから舐められた。ふたりがかりとはいえ、舌先でくすぐるようなそのやり方では、射精に至ることはできそうにない。

ただ、興奮だけを煽《あお》りたてる愛撫だった。射精がしたいという本能的な欲求だけが浩太郎の中でどこまでもふくらみ、手がつけられないほど巨大化していく。

「ぬっ、ぬおおおおおおーっ！　ぬおおおおおおーっ！」

浩太郎は野太い声をあげ、滑稽なくらい腰を反らせた。勃起しきったペニスが釣りあげられたばかりの魚のようにビクビクと跳ね、麻沙美と玲香が競うようにしてそれを舐めてくる。

（せっ、せめて根元を手でしごいてくれたら、三秒でイケるのに……）

浩太郎のせつない願いはナースと小悪魔に届くことなく、寸止め生殺し地獄は続いた。イキたくてもイケないもどかしさに浩太郎が熱い涙を流しはじめると、発情人妻コンビはこちらを指差してキャハハと笑った。

6

体をひっくり返された。

あお向けだった体をうつ伏せにされた浩太郎は、両手を拘束されていたボンテージテープを剝がされた。両手が自由になったわけだが、息も絶えたえだったので、とてもすぐには動きだせなかった。

（ひっ、ひどいっ……ひどすぎるっ……）

とりあえず、涙に濡れた顔を手のひらで拭った。机の角に足をぶつけたり、悲しいドラマを観て泣くことはあっても、射精したさに涙を流したのなんて生まれて初めてだった。

しかも、射精はまだ、遂げられていないのだ。出したくて出したくていても立ってもいられない状態は、いまだ継続中なのである。

とはいえ、救いはあった。麻沙美や玲香がイカせてくれなくても、今日は浩太郎を待ってくれている人がいるのだ。かなり待たせてしまった気がするが、この続きは菜々子とすればいい。

「ううっ……」

うめきながら腰を浮かせた。ペニスが限界を超えて膨張しているので、うつ伏せになっていると絨毯にあたって痛かった。

（ええええっ……）

顔をあげると、衝撃的な光景が眼に飛びこんできた。ナースと小悪魔――扇情的なコスプレ衣装をまとった麻沙美と玲香が並んであお向けになり、揃って両脚をM字にひろげていた。

ふたりともノーパンだった。ナースの麻沙美の股間は無毛状態で、アーモンドピンクの花びらがぴったりと口を閉じている様子がつぶさにうかがえる。小悪魔の玲香の陰毛は濃く、逆三角形に黒々と茂った草むらが獣じみている。

（エッ、エロいっ……エロすぎるだろっ……）

ふたりの剝きだしの股間を見たのは、これが初めてではなかった。初めてどころか毎日見ていたが、ナースと小悪魔の衣装がいつもとは違うエロスを放射し、浩太郎を悩殺した。しかも、ふたり並んでダブルM字開脚を披露してくるなんて、いままでの３Pにはなかった大胆さだ。

それに加え、長々と寸止め生殺し地獄に堕《お》とされていたせいで、浩太郎のメンタルも正常ではなかった。いつも見ているものが、いつも以上にいやらしく見えてしまってもしかたがなかった。

「うおおっ……うおおおおおおおーっ！」

気がつけば、雄叫びをあげて女体にむしゃぶりついていた。まずは麻沙美のパイパンに唇を押しつけ、舌を差しだして女の花をペロペロ舐める。技巧的でもなんでもない、本能剝きだしの野蛮なやり方で舐めまわし、続いて黒々とした陰毛に守られた玲香の花にも情熱的なキスをする。

「ああああっ……」

「ううううんっ……」

鼻にかかった声をもらすふたりの顔には、「してやったり」と書いてあったはずだ。すべてはこのときのため、浩太郎を焦らしに焦らしてオスの本能を覚醒させたのだ。頭に血が昇っている浩太郎はふたりの罠に気づかず、なにも考えられないまま一心不乱に舌を踊らせ、発情人妻コンビに野蛮なクンニを施すことしかできない。あふれだした新鮮な蜜をじゅるじゅると音をたてて啜りあげれば、体の内側に濃厚なメスのフエロモンが充満していくようだ。

我慢の限界はすぐに訪れた。

「いっ、入れますよっ……もう入れちゃいますからねっ……」

パイパンペニスを握りしめ、切っ先を麻沙美の花園にあてがった。麻沙美を先にしたことに、たいした意味はなかった。我慢できなくなったタイミングでクンニしていたのが、彼女だったというだけだ。

「むううっ……」

太い息を吐きだしながら、腰を前に送りだした。無毛の割れ目に亀頭が埋まり、アーモンドピンクの花びらが内側に巻きこまれていく。クンニをした時間は短かったが、麻沙美の中はよく濡れていた。ペニスを小刻みに出し入れさせて肉と肉とを馴染ませると、ずぶずぶと奥まで一気に貫いていった。

「くっ、くぅうううーっ！」

麻沙美が顔をそむけ、首にくっきりと筋を浮かべる。眼の下を生々しいピンク色に染めつつ、長い睫毛《まつげ》をふるふるさせている様子が可愛い。

前戯の段階では強気な麻沙美も、ペニスを深々と咥えこませてやれば、羞《は》じらい深さをチラチラと見せる。元が可愛らしいアニメ顔だから、そういう表情がたまらなくそそる。

いつもの浩太郎なら、この段階で上体を覆い被せ、女体を抱きしめる。熱い抱擁を交わしつつ口づけをしたり、乳房を揉みしだいたりしてから、ゆっくりと腰を動かしはじめるのが、正常位をするときのルーティンである。

だが、今日ばかりは上体を起こしたままだった。パイパンの割れ目にパイパンペニスを咥えこんでいる麻沙美の右隣には、玲香があお向けで両脚をM字にひろげているのだ。麻沙美を抱きしめてしまっては、玲香のことが見えづらくなってしまう。右手を伸ばして、愛撫してやることもできない。

「むううっ……」

満を持して、浩太郎は腰を動かしはじめた。根元まで埋めこんでいたペニスをゆっくりと抜いていき、ゆっくりと入れ直す。お互いにパイパンだから、凸凹《でこぼこ》している性器が結合している様子を露骨なまでにうかがえる。

(たしかにパイパン同士のセックスは、密着感がすごいな……)

童貞喪失時は比べる対象がなかったから、麻沙美の言ってることがよくわからなかったけれど、いまならわかる。密着感の高さはそのまま快感に繋がり、勃起しきったペニスをどこまでも硬くしていく。

「むううっ……むううっ……」

抜き差しのピッチをじわじわとあげながら横眼で玲香の様子をうかがうと、つまらなそうに唇を尖らせていた。それもそのはずだと、浩太郎は彼女に右手を伸ばしていった。いつもの3Pでは、浩太郎がふたりがかりで責められることが多い。だが、いまの状況では、浩太郎ひとりで女ふたりを悦《よろこ》ばせなければならないようだ。

「んんんっ！」

黒々とした陰毛を掻き分けて割れ目に触れると、玲香は麻沙美以上に濡れていた。

中指を動かして間もなくすると、指がひらひらと泳ぎはじめたほどである。

「ねえっ！　もっとよっ！　もっと突いてっ！」

意識が玲香のほうに傾いていくと、今度は麻沙美が唇を尖らせた。ひとりで女をふたり――いずれ劣らぬほどいやらしい発情人妻コンビを満足させるのは、想像以上に難しかった。

玲香に中指を入れて肉穴を掻き混ぜると、彼女はあんあんと声をあげたが、麻沙美が睨んでくる。麻沙美に渾身のストロークを送りこみ、右手の動きがおろそかになると、玲香がつまらなそうな顔をする。

（まっ、まいったな……どうすりゃいいんだ……）

困り果てた浩太郎が背中に冷や汗を流したときだった。

「これ、使ってみようかな……」

玲香が絨毯の上に転がっていた電マをつかんだ。スイッチをオンにして、振動するヘッドを自分の股間にあてがっていく。彼女はやはり、大胆にして貪欲、呆気にとられている浩太郎のことなどきっぱりと無視して甲高い声をあげる。

「はっ、はぁああああああああああーっ！」

玲香がビクビクと腰を跳ねあげたので、彼女の肉穴に入れていた中指がスポンッと抜けた。

「なにこれっなにこれっ！　すっ、すごいんですけどっ！　すごい気持ちいいんですけどーっ！」

玲香は滑稽なほどの早口で言うと、ブリッジするように腰を浮かせた。両手で持った電マを股間にあてがい、ひいひいと喉を絞ってよがりだす。玲香は麻沙美より一・五倍ほどやさしいが、大胆さと貪欲さは三倍以上かもしれない。

（マッ、マジかよっ……）

中指が抜けてもおかまいなしに、玲香はオナニーに没頭していく。淫らすぎるその姿に圧倒され、浩太郎は腰の動きをとめた。麻沙美も麻沙美で玲香を見て、ポカンと口を開いている。

「ダッ、ダメッ……こんなのダメッ……こんなのすぐイッちゃうっ……すぐイッちゃううぅーっ！　はっ、はぁおおおおおおおおーっ！」

浮かせた腰をビクンッ、ビクンッと跳ねあげて、玲香は喜悦の極みに駆けあがっていった。淑やかな美貌を生々しいピンク色に染めあげ、せつなげに眉根を寄せたセクシャルな表情で、女に生まれてきた悦びを嚙みしめていく。

「ちょっ、ちょっとっ！」

麻沙美がまなじりを決して声をかけてきた。

「今度はわたしが上になるっ！」

体位の変更を求められ、浩太郎は結合したまま騎乗位に移行した。つい最近まで童貞だったとはいえ、発情人妻コンビに荒淫修業をさせられて、それくらいのことは難なくこなせるようになっていた。

「ああぁっ……」

上になった麻沙美が、すかさず腰を動かしはじめる。彼女が玲香のオナニー絶頂にあてられたことは間違いなかった。麻沙美という女は、人に遅れをとることをなによりも嫌がるのだ。玲香が大胆なことをすれば、さらに大胆な痴態を披露せずにはいられない、負けず嫌いな性格なのである。

「ああっ、いいっ！　いいわあっ！」

クイッ、クイッ、と股間をしゃくるように腰を振りたて、淫らなリズムに乗っていく。可愛い顔をしていやらしすぎる腰使いだし、肉と肉との摩擦感も最高なのだが、彼女の最終目的は別にある、と浩太郎は睨んでいた。自分が上になって腰を振っているだけでは、電マオナニーで絶頂に達した玲香を凌駕することはできない。

「あああぁっ……はぁああぁっ……はぁあああぁっ……」

案の定、あえぎ声を撒き散らしながら両脚を立てた。男の腰の上でM字開脚になり、さらに上体をのけぞらせて両手を後ろにつく。

（うっ、うわあっ……）

浩太郎はまばたきも呼吸もできなくなった。みずから股間を出張らせ、結合部を見せつける格好になり、パイパンペニスをしゃぶりあげるように腰を動かしはじめた麻沙美は、なるほど玲香よりも大胆かもしれなかった。

しかも、負けず嫌いな彼女はそれだけでは満足しなかった。

「貸しなさいよ」

玲香に声をかけ、右手を差しだした。

「えっ？　これ？」

絶頂の余韻でぼんやりしていた玲香が、手に持っていた電マを麻沙美に渡す。受けとった麻沙美はスイッチを入れ、ブゥーン、ブゥーン、と唸りをあげて振動しはじめたヘッドを、つるつるの白い恥丘にあてがった。

「はっ、はぁうううううううううううーっ！」

今日イチ甲高い声をあげ、喉を突きだした。ペニスを咥えこみながらの電マオナニーの衝撃に、可愛いアニメ顔がみるみる紅潮し、くしゃくしゃに歪んでいく。

(なっ、なんだっ？　なんだこれはっ？)

一方の浩太郎も、すさまじい衝撃を受けていた。麻沙美が振動するヘッドをあてているのは、こんもりと盛りあがった恥丘――クリトリスのすぐ上あたりだったが、ペニスにもしっかり振動が伝わってきた。結合状態でヌメヌメした肉ひだに包まれているせいだろう、ズボンの上から電マ攻撃をされたときより、はるかにいやらしい刺激が怒濤《どとう》の勢いで襲いかかってくる。

「ああっ、すごいっ！　すごすぎっ！」

麻沙美が取り憑《つ》かれたように腰を動かしはじめると、刺激と快感が倍増した。あまつさえ、三十一歳の可愛い人妻が開脚騎乗位でよがり泣く姿は途轍もなくいやらしく、眼福との同時攻撃に正気を失いそうなほど興奮してしまう。

「いいですか？　気持ちいいですか、麻沙美さんっ！」

「いいっ！　いいっ！　こんなのダメよっ！　こんなのすぐイッちゃうっ！」

麻沙美がいまにも泣きだしそうな顔で叫んだので、ならば、と浩太郎は彼女の両膝をつかんだ。大きく息を吸いこんで腹筋に力を込め、ずんずんっ、ずんずんっ、と下から突きあげていく。

「はっ、はぁおおおおおおおーっ！」

麻沙美が獣じみた声をあげる。彼女に童貞を奪われたときはほとんどマグロだった浩太郎だが、場数を重ねることでそんなこともできるようになっていた。下から連打を送りこむことを覚えてから、騎乗位が俄然楽しくなった。

「あぁっ、ダメッ！　ダメようっ！」

麻沙美が髪を振り乱し、切羽つまった声をあげる。

「イッちゃうからっ！　そんなにしたらイッちゃうからあああーっ！　はっ、はぁううううーっ！」

ビクンッ、ビクンッ、と腰を跳ねあげ、麻沙美は恍惚《こうこつ》の彼方《かなた》にゆき果てていった。いつもより強烈な快感を得ていることは、肉穴の締まりで浩太郎にも伝わってきた。

なにしろ、開脚騎乗位で下から突きあげられながら、電マでオナニーまでしているのである。いつもの何倍、いや何十倍気持ちよくても不思議ではなく、実際、卑猥なナース服に身を包んだ麻沙美の体は、ガクガクッ、ぶるぶるっ、と壊れたオモチャのように激しく痙攣している。

（たまらないっ……たまらないよっ……）

浩太郎にも限界が近づいていた。いつもなら、射精が近づいてきても、唇を噛みしめたり、別のことを考えたりして、我慢しようとする。射精をしても3Pは終わることがなく、くすぐったいほど敏感になったペニスをふたりがかりで舐めまわされて、次のまぐわいに突入するだけだからである。

だが、今日ばかりは我慢できそうになかった。麻沙美のイキッぷりがいやらしすぎて、先のことなど考えられなかった。ずんずんっ、ずんずんっ、とこのまま下から突きあげつづければ、麻沙美は連続絶頂に達するだろう。そのタイミングで射精をしようと決めたのだが……。

（えっ？）

痛いくらいに視線を感じ、リビングを見渡した。近くにいる玲香はぼんやりした眼つきで痙攣している麻沙美を眺め、ニヤニヤしているだけだったから、視線の主は彼女ではなかった。

リビングには出入り口がふたつあり、ひとつは玄関に続き、もうひとつは階段に続いている。階段のほうのドアが少し開いていて、磨りガラス越しに人影が確認できた。濃紺のタイトスーツを着ている女の……。

（うっ、嘘だろっ……）

菜々子がこちらの様子をうかがっていた。いつの間にか、二階から降りてきたらしい。浩太郎は気が遠くなりそうになったが、唐突に行為をとめては、発情人妻コンビに菜々子の存在が知られてしまう可能性がある。

いや、そもそも射精寸前まで高まっている以上、意思の力で行為をストップすることなど不可能だった。

（せっ、先輩っ！　菜々子先輩っ！　菜々子ぃいいいーっ！）

浩太郎は胸底で悲しみの絶叫をあげながら、ずんずんっ、ずんずんっ、と麻沙美にピストン運動を送りこみつづけた。やがて麻沙美が二度目の絶頂に達し、浩太郎も射精を果たした。その寸前、結合をといたパイパンペニスを、ふたりがかりでしごかれたり、舐められたりした。

「おおおっ、出るっ……もう出るうううーっ！」

浩太郎は恥ずかしいほど身をよじり、腰をくねらせた。眼もくらむほど気持ちよかったが、心の中では泣いていた。やがて天井に向かって勢いよく噴射した白濁の粘液が、失恋の涙にしか思えなかった。

第五章　乱倫のわが家

1

翌日──。

会社に向かう浩太郎の足取りは、鉄球つきの足枷《あしかせ》をされているように重かった。いっそ仮病を使って休んでしまいたいくらいだったが、そんなことをすればよけいに出社しづらくなり、そのまま辞表を書くことになりそうだったので、歯を食いしばって有楽町に向かう電車に乗った。

ゆうべは本当にひどい目に遭った。

せっかく憧れの菜々子とうまくいきそうだったのに、麻沙美と玲香のせいですべてが台無しになった。邪魔立てされただけではなく、絶対に嫌われた。自分のことを放置して、人妻と3Pに耽《ふけ》っているような後輩を嫌わない女なんていない。3Pが終わると二階の自室に戻ったが、菜々子はいなくなっていた。浩太郎が射精を目指して奮闘している隙に、こっそり帰ってしまったらしい。

「おっ、おはようございます……」

出社すると、菜々子はすでに隣のデスクにいた。朝の挨拶をしても無視された。視線さえ向けてくれず、「話しかけるな」という冷たいバリアが張りめぐらされており、浩太郎はなにも言えなくなった。

（あのベロチュウは……夢か……まぼろしか……）

胸底で深い溜息をつく。

ゆうべたしかに、菜々子を抱きしめ、熱い口づけを交わしたはずだった。会社ではザ・キャリアウーマンな彼女も、同棲相手のヤリチン野郎に浮気されて弱りきっていた。仕事を離れれば菜々子だってか弱いひとりの女、セックスで慰めてほしいと思っていたかもしれず、そんな千載一遇のチャンスを逃してしまったことが、悔やんでも悔やみきれない。

結局、終業時間まで菜々子はひと言も口をきいてくれなかった。浩太郎はがっくりとうなだれたまま、

「お先に失礼しまーす」

力なく言ってオフィスをあとにした。もはや辞表を書いたほうがいいような気がし

ていた。これからもずっと菜々子に無視されつづけ、針のむしろに座らされているような思いをするくらいなら、思いきって新天地に飛びだしたほうがいいかもしれない。理想のタイプすぎて隣で仕事していると緊張してしまうが、菜々子と口もきけない関係のままなら、その会社にいる価値もなきに等しい。

オフィスの入った雑居ビルを出て、夕暮れの銀座をＪＲ有楽町駅に向かって歩きだした。

(帰りたくないなあ……)

会社にいるのもつらかったが、人妻たちがたむろしている自宅に帰ってもまったく心が安まらない。

今日は着替えを詰めたボストンバッグを持っていないから、どこかに泊まるのは無理だとしても、まっすぐ帰宅する気にはなれず、ガード下の焼鳥屋に入った。ひとりで酒場に入ったことなどほとんどないが、飲まずにいられなかった。

(東京には、僕の居場所なんてないのかな……)

焼きが強すぎて黒くなっている焼鳥を齧《かじ》り、炭酸の強い酎ハイでそれを流しこみながら、胸底で悲嘆する。田舎にいるときはあれほど憧れていたのに、いまは東京に吹く風が冷たく感じられてしかたがない。新しい職場や新しい部屋を探したくても、気力がわいてこないし、なにより経済的に不安すぎる。

「……ふうっ」

焼鳥十本で腹を満たし、酎ハイ五杯ですっかり酔っ払ってから、電車に乗った。珍しく「ぼっち酒」を決めこんだことで、少しばかり気が大きくなっていた。いつもおどおどしているコミュ障が、酒の力で超強気になったと言ってもいい。

発情人妻コンビがそんなにセックスしたいなら、付き合うのもやぶさかではない気分だった。東京にやってきてよかったことのたったひとつが、童貞ではなくなり、セックスの味を覚えて、大人の階段を昇ったことだったからである。

(田舎にいたままだったら、きっとまだ童貞だったろうな……)

そう考えれば、東京暮らしも悪いことばかりではなかった。相手だって悪くない。理想のタイプとはちょっと違うが、麻沙美は可愛いし、玲香は美人だ。性格的にはかなり問題があるけれど、こんな自分にもセックスをさせてくれるのだから、いいところがないとは言えない。

(こうなったらこっちも開き直って、エロエロ3Pライフを楽しめばいいのかもしれないな……)

菜々子のような高嶺の花に憧れたところで、幸せになれる可能性は限りなくゼロに近いのだ。ゆうべの彼女は弱りきっていたから、どさくさにまぎれてワンチャンあったかもしれないけれど、冷静になって考えてみれば、それ以上の進展なんてあるわけがない。

なにしろ、菜々子が同棲している婚約者はイケメンのエリート。浩太郎はイケメンでもなければエリートでもない。ヤリチンでもないつもりだが、３Ｐを見られてしまったのだから、ヤリチンどころか変態性欲者と思われているかもしれない。まったく最低である。

「ただいまあ……」

自宅の玄関扉を開けると、浩太郎の心臓はドキンッとひとつ跳ねあがった。足元に黒いハイヒールが置かれていたからである。麻沙美や玲香のセンスではない。彼女たちはもっとフェミニンな色やデザインを好んでいる。

（おっ、お客さんか？）

この家は人妻たちの溜まり場らしいから、誰かが遊びにきていてもおかしくなかった。とはいえ、黒いハイヒールというのが気になる。埃ひとつついていない、ピカピカに磨きあげられたそれを、浩太郎は会社でよく見ている。

靴を脱いでリビングの扉をそうっと開くと、

「あら、おかえり」

掘りごたつに入っている麻沙美が笑顔で手をあげた。可愛いアニメ顔がピンク色に染まり、目の前にはワインボトル――ワイン泥棒を決めこんでいるに違いなかったが、かまっていられなかった。

掘りごたつにはあとふたり、女が入っていた。

ひとりは玲香、そしてもうひとりは……。

「せっ、先輩、なにやってるんですか？」

菜々子が所在なさげにワイングラスを見つめていたので、浩太郎は腰が抜けそうになった。濃紺のタイトスーツ姿だから、会社帰りだろう。浩太郎がガード下の焼鳥屋でぼっち酒を決めこんでいる間に、ここにやってきたのか？

「買物から帰ってきたら、この人が家の前でうろうろしてたからさあ……」

麻沙美が状況を説明してくれる。

「なにか御用でしょうかって声をかけたら、浩ちゃんに会いにきたっていうんで、あがってもらったの」

「浩太郎くんがなかなか帰ってこないからね……」

玲香がクスクスと笑う。

「けっこう深ーい話して、すっかり仲よくなっちゃった」

「ちゃんと誤解をといておいてあげたから安心しなさい」

麻沙美も意味ありげに笑う。

（どっ、どういうことなんだ？）

浩太郎は激しい不安に駆られた。「深い話」や「誤解」という謎のワードが胸さわぎを起こさせたが、菜々子の様子をうかがってもうつむいてワイングラスを見つめているばかりだ。

「あっ、あのう、先輩っ……僕に用があるなら上で話を……」

恐るおそる声をかけたが、

「ここで話せばいいでしょ」

麻沙美にぴしゃりと言われた。

「内緒にすることなんて、もうなんにもないんだから……菜々子さんにゆうべの醜《しゅう》態《たい》を見られたみたいだけど、あれはわたしたちが悪いってきちんと説明したわよ。わたしも玲香も離婚寸前で、浩ちゃんに慰めてもらってたって……浩ちゃんはわたしに逆らえないから、巻きこまれているだけだって……」

そういう自覚があったのか、と浩太郎は驚いた。と同時に、そんな説明をされた菜々子がいったいなにを思ったのか、不安は大きくなっていくばかりだ。

「そしたら、菜々子さんがね……」

玲香が話の続きを引き受ける。

「ゆうべの3P見ててうらやましいって思ったたって……ね？」

問いかけられた菜々子が、うつむいたままコクンとうなずく。話の行き先がまったくわからず、浩太郎の混乱は激しくなっていく。

「わたしはその……セックスが苦手なほうだから……おおらかに楽しめる人ってうらやましいなって思って……わたしにもそういうところがあれば、年相応の色気だって出たのかもしれないって……麻沙美さんも玲香さんも、すごく色っぽいし……しっかり大人の女っていうか……」

「いやいやいや……」

浩太郎は弱りきった顔になった。ザ・キャリアウーマンである菜々子が、発情人妻コンビをうらやましがる必要などひとつもなかった。麻沙美や玲香はただ単に欲求不満をもてあまし、離婚寸前で自棄になっているだけなのだ。

「セックスをおおらかに楽しめる女って……」

菜々子が言葉を継ぐ。

「自立した女なんだって、ゆうべは思い知らされた。わたしいままで、どっかで男の人に頼って生きてきたのかもしれない、って反省した。だから、浮気されたくらいでこんなに傷つくんだって……」

そんなに難しい話ではない、と浩太郎は言いたかったが、

「それで、婚約解消して同棲してる部屋から飛びだしてきたのよね」

麻沙美の言葉に卒倒しそうになった。つまり、菜々子も菜々子で、発情人妻コンビ

同様、家出中の身空なのか。

「浮気者のヤリチン野郎なんて、捨てちゃえばいいのよ」

玲香がうなずき。

「そうそう。行くところがないなら、しばらくここにいればいいから。部屋もまだあまってるし、ここは傷ついた女の溜まり場だから淋しくないわよ」

麻沙美が菜々子に笑いかける。

（うっ、嘘だろっ！　なんなんだよこの展開は……）

浩太郎はほとんどパニックに陥りそうだったが、

「よろしくお願いします」

菜々子もすっかりその気のようで、麻沙美と玲香に頭をさげた。

2

「それじゃあ、今夜はパーッといきましょう」

麻沙美がワインセラーからボトルを三本出してこたつの上に置くと、玄関のチャイムが鳴った。あらかじめ注文してあったのだろう、デリバリーのピザが届き、それもこたつの上で箱が開けられる。

（どうなっちゃうんだよ、これから……）

浩太郎は呆然としたままワインを飲んだ。会社ではガン無視されていた菜々子の態度が軟化したのはいいとして、本当にこの家に住むのだろうか？　一時的なことにしろ、高嶺の花のプライヴェートライフに接することができるのか？

（いやいやいや……）

内心で思いきり首を横に振る。菜々子のパジャマ姿や、風呂上がりの濡れた髪や、寝ぼけまなこで歯ブラシを咥えているところを、見られるものなら見て見たい。それはそうなのだが、逆に言えばこちらのプライヴェートも見られるのである。だらしない生活は絶対にできないし、会社にいるときのように常に緊張していなければならず、疲れ果ててしまいそうだ。

不安に胸をざわめかせている浩太郎をよそに、菜々子はけっこうなピッチでワインを飲んでいた。もちろん、麻沙美や玲香が勧めているからだが、そもそも酒豪なのかもしれない。接待がマストの営業職で、酒が弱くては出世なんて望めない。

「このワイン、本当においしいですね。味も香りもすごく上質」

「わかる？　パパ秘蔵のヴィンテージなの」

「絶対怒られるよ、麻沙美。毎日ポンポン開けてるんだから」

「いいじゃない、怒られたら謝れば」

女たちはキャッキャとはしゃぎながら飲み食いしているけれど、三人が三人とも男から逃れて家出中なのだから、浩太郎はとても笑えなかった。麻沙美や玲香はともかく、菜々子まで自暴自棄になっているとすれば、暗澹《あんたん》とした気分になるしかない。彼女のような超絶美人でも不幸になってしまうとは、世の中の不条理を思い知らされる気分である。

（こんなに綺麗な人でも男とうまくいかないことがあるなんて、恋愛っていうのは奥が深い……いや、闇が深いよなあ……）

やがて先に出したワインボトル三本がすべて空き、麻沙美が再びセラーからボトルを出してきたりして、酒宴は続いた。

ガード下の焼鳥屋で酎ハイを飲んできたこともあり、浩太郎も次第に酩酊していった。女たちは、現在ヒット中である恋愛リアリティーショーの話で盛りあがっていたが、その番組を観ていない浩太郎は話題に入っていくことができず、こっくりこっくりと船を漕ぎだしてしまう。

ハッと眼が覚めたのは、菜々子がおかしなものを手にしていたからである。

「これって本当に気持ちいいんでしょうか？」

酔いで縁が赤くなった切れ長の眼で、電マをまじまじと眺めて言う。

（なっ、なんでそんなものがっ……）

浩太郎は焦った。ゆうべこのリビングで3Pをしたから、そのへんに転がっていたのだろうが、高嶺の花のザ・キャリアーマンに電マは似合わない。そんなAVの小道具のような淫らなものを、まじまじと眺めてほしくない。

「気持ちいいわよぉー」

麻沙美が卑猥な笑みを浮かべて言い、

「想像を絶する威力よね」

玲香まで下品な話題に乗りはじめる。

「わたしなんて一分でイッちゃったもん」

「嘘ばっかり。あんたなんて十秒くらいでイッてたわよ」

「そうだっけ？」

玲香はとぼけた顔で首をかしげ、

「十秒って……そんなに……」

菜々子が啞然とした顔になる。どこかで感心、感動しているようでもあり、浩太郎は天を仰ぎたくなった。

（やっ、やめてくれっ……オナニー談義なんてやめてくれよ、先輩っ……）

ついこの前まで童貞だった浩太郎でも、女がオナニーすることくらいは知っている。だが、菜々子のような清らかなタイプには、オナニーと無縁で生きていてほしい。そう願ってしまうのは、男のエゴだろうか？　自分だって一日に三度も四度もすることがあるくせに、憧れの人に清廉潔白を求めるのは傲慢か？

「ちょっと貸して」

麻沙美は菜々子から電マを取りあげると、スイッチをオンにした。ブゥーンという重低音をあげてヘッドが振動しはじめると、菜々子の眼が興味津々《しんしん》に輝きだした。だが次の瞬間、「きゃっ！」と小さく悲鳴をあげた。

麻沙美が振動する電マのヘッドを菜々子の胸にあてたからである。

「ちょ、ちょっとっ！　なにするんですかっ！」

浩太郎は驚いて声をあげたが、

「いいじゃない、ちょっとくらい。こういうのは経験してみるのがいちばんなんだから。菜々子ちゃんも興味あるみたいだしねー」

麻沙美にやめる気配はなく、胸だけではなく、二の腕や肩、首筋まで振動するヘッドをあてていく。いやらしい感じではせず、冗談まじりのふざけた態度だったので、菜々子もきゃーきゃー言いながら笑っているが……。

「あっ、そうそう……」

玲香が見覚えのある黄色いレジ袋からなにかを取りだした。

「実はもう一個買ってきたのよね。こっちはミニサイズの携帯タイプ」

小型の電マを取りだし、スイッチを入れた。ピンクと白のファンシーなデザインで、テレビのリモコンくらいのサイズだったが、ブゥイーン、ブゥーン、と唸りをあげているヘッドの振動はかなり強そうだ。

「ああっ、いやっ！　ゆっ、許してくださいっ！」

両サイドからの電マ攻撃を受けた菜々子は、さすがに耐えられなくなったようで、尻餅をついていたので、麻沙美と玲香につかまってしまう。大小の電マで濃紺のタイトスーツに包まれたボディを刺激され、身悶えはじめる。

（エッ、エロすぎるだろっ……）

ザ・キャリアウーマンの象徴的アイテムといっていいタイトスーツ姿で身悶えている菜々子は、鼻血が出そうなくらいエロティックだった。上着の中でふたつの胸のふくらみが上下に揺れはずんでいるし、スカートの裾もいまにもめくれそうである。長い両脚はナチュラルカラーのストッキングに包まれ、普段はハイヒールの中に隠されている爪先が見えるのがたまらない。

「ああっ、ダメッ！　ダメですっ！　感じちゃうじゃないですかっ！」

菜々子は笑いながら抗議しているが、その表情が次第に艶っぽくなっていくのを浩太郎は見逃さなかった。会社にいるときの完全無欠のキャリアウーマンではなく、ゆうべ見せたか弱い女の顔でもなく、端整な美貌に欲情の片鱗がじわじわと滲《にじ》んできている。

浩太郎が気づいているくらいだから、発情人妻コンビも当然、菜々子の変化に気づいていた。

「菜々子ちゃーん、エッチな顔になってきたわよ」

「もう色気がないなんて言わせないわね、その調子なら」

口々に言いつつ、しつこいまでに電マ攻撃を続ける。最初は上半身だけだったのに、太腿やふくらはぎにまで、振動するヘッドをあてている。

「ねえ、麻沙美。菜々子ちゃん、エッチな気分になってきたみたいだから、ひとりにしてあげれば」

「そうね。とりあえず二階のわたしの部屋を使ってもいいわよ」

「電マも貸してあげるから、すっきりしてくればいいじゃない」

「恥丘にあてて短ければ十秒、長くても二、三分でイケるから、すっきりしたらまた飲み直しましょう」

発情人妻コンビは恐ろしいことを口にしつつ、電マのスイッチを切った。ブゥーン、ブゥーン、という振動音が消えるとリビングはにわかに静寂に包まれ、ハアハアとはずむ菜々子の呼吸音だけが聞こえていた。

（ほっ、本気なのか？　麻沙美さんも玲香さんも、本気で先輩にオナニーしてこいって言ってるのか？）

冗談半分にふざけていたので、浩太郎は言葉の真意を計りかねた。ふたりともニヤニヤ笑っているので本気ではなさそうだったが、一方の菜々子はせつなげに眉根を寄せている。黒い瞳を潤ませ、眼の下をねっとりと紅潮させている。電マ攻撃を受けていたときは笑っていたのに、どこか思いつめたような表情で口を開く。

「二階には行きません……」

菜々子の呼吸はまだ完全に整っていなかった。

「だって……わたしが二階に行ったら、またみんなで3Pするんですよね？　そんなのいやです。わたしだけ仲間はずれにされるのは、淋しいっていうか……」

まるで複数プレイに参加したいかのような物言いに、麻沙美と玲香が眼を見合わせ、浩太郎の鼓動はドクンドクンと乱れはじめた。

3

「本当に……」

麻沙美がボソッと言った。

「本当にうらやましかったんだ……ゆうべわたしたちがしているの見て……」

「……はい」

菜々子がうなずくと、麻沙美は浩太郎を睨んだ。

「あんたはどう思うのよ？」

「えっ？　どっ、どう思うというのは……」

「菜々子ちゃんも入れて楽しみたいの？　それとも一対一で……」

「一対一はちょっと」

菜々子が即座に拒否反応を示した。

「ふたりきりでしちゃうと気持ちが移っちゃいそうだし、いまはわたし、どっぷり恋愛したい気分じゃ全然ないし……」

「みんなでエッチするほうがいいね？」

「はい」

きっぱりとうなずいた菜々子を見て、浩太郎は泣きそうな顔になった。一対一でセックスするのはNGで、複数プレイならOKというのは、いったいどういう心境なのだろうか？　だいたい、ゆうべはあと一歩で一対一のセックスが始まるところだったのだ。一日にして気が変わりすぎというか、それも変わった方向が斜め上すぎるというか、さっぱり理解できない。

「べつにいいんじゃない」

玲香が歌うように言った。

「一緒にしたいって言うなら一緒にすれば……さすがに今夜はエッチなことなしかと思ってたけど、菜々子ちゃんがそう言うなら……」

「まあ、わたしにも異論はないけど……」

麻沙美がもう一度、ジロリと浩太郎を睨んでくる。

「あんたはどうなのよ？」

「どっ、どうってそれはっ……それはそのっ……」

口ごもっていると、玲香が掘りごたつから出て後ろにまわりこんできた。両脇に手を差しこまれ、引きずりだすようにして掘りごたつから出されてしまう。

「どうもこうもないわよ。浩太郎くんが参加しなきゃ、セックスできないもの。オチンチンついているのあなただけなんだから……するわよね？　人もうらやむハーレムプレイを楽しみたいわよね？」

言いながら、ネクタイを抜きとり、スーツの上着を脱がせてくる。麻沙美もすかさず近づいてきて、ベルトをはずしにかかる。

「やっ、やめてっ！　やめてくださいっ！」

浩太郎は泣きそうな顔でジタバタした。なるほど、女三人に男がひとり——しかも、女の中には理想のタイプの高嶺の花がいるのだから、夢のハーレムプレイが始まるのかもしれなかった。

しかし、気持ちがまるで追いついていかない。なにがなんだかわからないうちに、ブリーフまで奪いとられて全裸にされてしまう。

「やーん、まだ可愛いままだ」

ちんまりと下を向いているペニスを見て、麻沙美と玲香がキャハハと笑う。浩太郎は恥ずかしさに顔から火が出そうになったが、女の視線を浴びたペニスはみるみるうちに隆起して、亀頭が鬼の形相で天井を睨みつけた。

「どうしたのよ？　まだなんにもしてないのに……」

「わかった。菜々子ちゃんの視線を感じて勃《た》っちゃったのね」

その通りだったが、浩太郎は言葉を返せなかった。菜々子は顔を真っ赤にして下を向いている。もちろん、浩太郎のペニスを見たから赤面しているのだろう。

完全無欠のザ・キャリアウーマンは、ふたつの理由でショックを受けているはずだった。ひとつは後輩のイチモツを拝んだこと、そしてそこに陰毛がないこと……。

「じゃあ、今度は菜々子ちゃんの番ね！」

麻沙美と玲香は、菜々子にむしゃぶりついていくと、浩太郎のすぐ側で、濃紺のタイトスーツを脱がしはじめた。

「ううっ……」

菜々子は唇を噛んで身を硬くしていたが、複数プレイは彼女自身が望んだことだった。激しい抵抗をするはずもなく、スーツの上着、タイトスカート、白いブラウスと、次々に脱がされていく。

「いやーん、可愛いランジェリー！」

「ホント！　キャリアウーマンって下着にも隙がないのね」

麻沙美と玲香が声を跳ねあげ、浩太郎も思わず上体を起こしてしまった。

（なっ、なんて素敵なんだっ……）

菜々子が着けていたのは白地に大きな花柄が施されたパンティとブラジャーで、セクシーというより格好よかった。下着らしい生々しさがいっさいなく、そのままプールサイドで寝そべっていても、誰も不思議に思わない感じだ。

さすがと唸りたくなるセンスだったが、彼女はまだパンティストッキングを穿いていた。ナチュラルカラーの極薄ナイロンにぴったりと覆われた下半身は淫靡な光沢を放ち、股間を縦に割るセンターシームもいやらしい。

（やっ、やばいよっ……パンスト姿はやばすぎるよっ……）

浩太郎のペニスはひときわきつく反り返り、先端に我慢汁がじわりと滲んだ。いくら素敵な下着を着けていても、パンストを穿いていては台無しである。だが逆に、その滑稽なまでの不細工さが男の眼にはエロティックに映る。極薄のナイロンに鼻面をこすりつけ、匂いを嗅ぎまわしたくなってくる。

「せっかく可愛いランジェリー着けてるんだから、このまま始める？」

「そうね。せっかくだしね」

なにが「せっかくだよ！」と、浩太郎は胸底で突っこんだ。本当にそう思っているのなら、パンストを脱がしてあげればいいではないか。だが、麻沙美と玲香は菜々子にそれを穿かせたまま、大小の電マを手にした。発情人妻コンビが意地悪をしているのは、火を見るよりもあきらかだった。

（嫉妬だよ！　女の醜《みにく》いジェラシーだよ！）

菜々子が本当に素敵なのは、下着ではなくスタイルだった。麻沙美は男好きするトランジスタグラマーだし、玲香にしてもスレンダーなモデル体形で、どちらもかなりイケている。

だが、菜々子はまるで、ふたりのいいとこ取りをしたかのような抜群のスタイルをしているのだ。全体的にはすらりとして、手脚なんてうっとりするほど長いのに、出るところはしっかり出ている。ブラのカップは余裕でFくらいありそうだし、丸みがあるのに上を向いているヒップは、金髪のハリウッド女優さながらだ。

姿形はあきらかに発情人妻コンビを凌駕しており、おまけに菜々子は若かった。麻沙美と玲香が嫉妬するのも当然なのだが……。

「それじゃあ、気持ちよくしてあげるからね……」

麻沙美はニヤニヤしながら邪悪に眼を光らせ、大きいほうの電マのスイッチを入れた。ブゥーン、ブゥーン、と唸りをあげて振動しはじめたヘッドを、菜々子の下半身に近づけていく。太腿やふくらはぎにちょっと触れただけで、菜々子は大げさにビクンッと体を跳ねさせる。

「ちょっと！」

麻沙美が浩太郎を睨んできた。

「なにぼーっとしてんのよ。あんたも手伝いなさい」

「てっ、手伝うって……」

「彼女を後ろから支えてあげて」

玲香が微笑みながらささやいてくる。顔立ちは淑やかで声音はやさしげでも、口にすることはいつもの通りえげつない。

「ちゃんと両脚をひろげてね。正常位でオマンコするときみたいに、M字にガバッとね。わたしたちが菜々子ちゃんを気持ちよくできるように……」

「はっ、はあ……」

浩太郎は困惑に顔をこわばらせながら、菜々子の上体を後ろから起こした。菜々子は抵抗もしなければ声をあげることもなく、ただうつむいているばかりだ。

「すっ、すいませんっ……あの人たちがやれって言うから……」

男らしくない言い訳をしつつ、座ったままバックハグをする。長い黒髪や真っ白い素肌から漂ってくる甘い匂いに陶然としたが、やることはまだ残されていた。後ろから菜々子の両脚を抱え、大胆なM字に割りひろげていく。

「あああっ……」

菜々子はうつむいたまま、か細い声をもらした。恥ずかしいに違いないが、脚を閉じようとはしない。

（せっ、先輩っ……）

浩太郎の胸は激しく揺さぶられた。

菜々子は何事か心に決めて、この4Pに臨んでいるようだった。ハレンチな複数プレイでひと皮剝けて色気を獲得したいのかもしれないし、セックスが苦手と言っていたからそれを克服したいのかもしれない。いずれにしろ覚悟を決めていることは間違いなく、ならばそれに応えるのが後輩の務めかもしれなかった。

「ちゃんと押さえてなさいよ」

麻沙美は浩太郎をキッと一瞥してから、振動する電マのヘッドを菜々子の股間にあてがった。

「はっ、はぁうううううーっ！」

菜々子はリビング中に反響する甲高い声をあげ、天井を向いてしたたかにのけぞった。電マの快感はやはりすさまじいらしく、のけぞったまま激しく身をよじり、ガクガクと腰を震わせている。

（たっ、たまらないよっ……）

後ろから彼女を抱えている浩太郎もまた、叫び声をあげたいほど興奮していた。下着越しにもはっきりわかるほど小高い恥丘に振動するヘッドが触れた瞬間、菜々子は反射的に脚を閉じようとした。浩太郎は閉じられないように押さえているわけだが、必然的に肉づきのいい太腿をぎゅっとつかむことになった。

菜々子の太腿はまだ、ナチュラルカラーのストッキングに包まれたままだ。むちむちした腿肉の感触とざらついたナイロンの手触りが奏《かな》でるハーモニーが、いやらしすぎて息もできない。

しかも、菜々子はのけぞっているから、彼女の背中とこちらの胸の密着感がいきなりアップした。浩太郎は遠慮して、勃起しきったペニスが菜々子のヒップにあたらないようにしていたのだが、彼女のほうから押しつけてくる格好になった。

「はぁうううーっ！　はぁううううーっ！　はぁうううううーっ！」

声の限りにあえいでいる菜々子はそれどころではないのだろうが、彼女のヒップもまた、ストッキングに包まれているのだ。ざらついた極薄ナイロンに包まれた真ん丸のヒップが、剝きだしのパイパンペニスにあたって気持ちよすぎる。ぐいぐいと押しつけられるたびに先走り液が迸《ほとばし》り、ストッキングを激しく汚してしまいそうだ。

「きっ、気持ちいいですか、先輩？」

耳元でそっとささやくと、

「あああっ……あああああっ……」

菜々子は振り返り、いまにも泣きだしそうな顔で見つめてきた。眉根を寄せ、眼の下を生々しいピンク色に染めた美貌が、ぞくぞくするほどエロティックだ。

「せっ、先輩っ！」

浩太郎がたまらず唇を重ねると、菜々子も応えてくれた。彼女の振りまく吐息には、ヴィンテージワインの芳醇《ほうじゅん》な香りが混じっていた。さらに唾液を大量に分泌しており、ねちゃねちゃと音をたてて舌をからめあっていると、あふれた唾液がお互いの顎を伝って絨毯に垂れていった。

「やーねー、お熱いところを見せつけてくれるじゃない？」

小型の電マを持った玲香が、振動するヘッドを菜々子の胸にあてがう。ブラのカップの頂点だから、振動はしっかり乳首にも届いたのだろう。

「はっ、はぁおおおおおおーっ！」

菜々子は獣じみた声をあげ、ひときわ激しく身をよじった。もちろんキスなど続けていられなくなり、すぐに前を向く。電マによる股間と乳首の同時攻撃にひいひいとよがり泣き、垂涎のボディを小刻みに震わせはじめる。

(イッ、イキそうになってるっ！　先輩がイッちゃいそうにっ……)

興奮しきった浩太郎は、剝きだしのパイパンペニスを菜々子のヒップにこすりつけた。菜々子のほうからもヒップを押しつけてくるから、ともすればこのまま射精してしまいそうだ。

「いっ、いやっ！　いやいやいやいやいやあああーっ！　ダッ、ダメですっ！　イッちゃいますっ！　菜々子、イッちゃいますううううーっ！」

ビクンッ、ビクンッ、と腰を跳ねあげて、菜々子は絶頂に駆けあがっていった。電マの威力はすさまじく、イキきってもなお、ビクビクッ、ビクビクッ、と菜々子は全身を痙攣させせつづけていた。

4

「イッたわね？」

「うん、見事にイッた」

麻沙美と玲香がうなずきあった。だがどういうわけか、卑猥な笑みも浮かべず、してやったりという感じでもなく、咎《とが》めるような視線を菜々子に向ける。

「セックスでイッたことない、ってブリッ子してたくせに……」

「うん、たしかにカマトト発言してた。浩太郎くんが帰ってくる前……」

「そっ、それは本当なんですっ！」

菜々子はひどく焦った口調で、恥ずかしそうに言葉を継ぐ。

「本当にセックスでイッたことはなくて、元婚約者にもそのことでけっこう嫌味とか言われてて……」

「でもイッた」

「うん、すごかった」

「だっ、だってっ……だってそれはっ……」

セックスではなく、オナニーの延長みたいな行為でイッたのだ、と菜々子は主張したいのだろう。それに、電マのごとき淫らな小道具を使ったのも初めてだろうし、麻沙美や玲香は同性だから、女の感じるポイントやタイミングを熟知している。彼氏とのセックスでイッたことがなくても、この状況ならイカないほうがおかしい――浩太郎もそう思った。

だが、菜々子の若さや美貌に嫉妬している人妻たちは、どこまでも意地悪で、

「中イキじゃなかったかもしれないけど、電マでイッた」

「すごいいやらしいイキ方だった」

咎めたてるのをやめようとしない。

「やだもう、恥ずかしいです……」

菜々子が真っ赤に染まった顔を両手で覆い隠し、

「まあ、いいじゃないですか」

浩太郎は麻沙美と玲香をなだめるように言った。

「先輩だって嘘ついてたわけじゃないでしょうし、済んだことはもう……」

「そうね」

「続きをしましょうか」

麻沙美と玲香はうなずきあうと、立ちあがって服を脱ぎはじめた。麻沙美は真っ赤なレースのランジェリーで、玲香は生地が薄くていまにも透けそうな水色のランジェリー。どちらもセクシーだったが、菜々子には穿かせたままのパンティストッキングを、ふたりともすぐに脱ぎ捨てた。

（やっぱパンストは格好悪いと思ってるんだ。底意地悪いなあ……）

浩太郎は胸底で溜息をついたが、おかげで眼福を得ることができたのも事実である。

高嶺の花の超絶美人がパンスト姿で絶頂に達するところなんて、この先二度と拝むことができないだろう。

(たまらないよな。イッたあとだから体が熱いし、肌がじっとり汗ばんで……)

浩太郎はまだ、菜々子を後ろから抱きしめていた。完全無欠のザ・キャリアーマンであればこそ、パンスト姿は滑稽にして卑猥だし、ざらついた極薄ナイロンの感触もいやらしかったけれど、一刻も早くそれを含めた三枚の下着を奪いとり、全裸を拝んでみたかった。しかし、これが男ひとりの４Ｐである以上、彼女ひとりにかまけていられないのが現実である。

「ちょっとこっち来なさい」

「早くわたしたちも気持ちよくさせてー」

発情人妻コンビがソファの上で四つん這いになっていた。ボリューミーな巨尻と小ぶりなヒップをふたつ並べて、バッククンニを求めてきた。

(しかたがない……しかたがないことだぞ……)

菜々子と離れたくなかったが、麻沙美や玲香の機嫌を損ねて、得することはなにもない。彼女たちにも気持ちよくイッてもらったほうが、この先の展開に期待がもてるというものだ。

「ちょっと待っててください」

菜々子にだけ聞こえる小声で言い、彼女から体を離した。極薄ナイロンに包まれたヒップにこすりつけていたパイパンペニスは痛いくらいに勃起して、亀頭がテラテラ光るくらい我慢汁をあふれさせれいる。

(ひとまずふたりを満足させることだ……先輩を抱くのはそれからだ……)

浩太郎は自分に言い聞かせ、サイズの違うヒップが並んでいる前にしゃがみこんだ。

まずは大家——正確には大家の娘である麻沙美のご機嫌をとるべく、量感あふれる尻の双丘を撫でまわす。彼女の穿いている赤いパンティはTバックなので、いきなりつるつるした素肌の感触を手のひらで味わうことができる。

「くぅうっ!」

Tバックをぎゅーっと桃割れに食いこませてやると、麻沙美はくぐもった声をもらした。クイッ、クイッ、とリズムをつけてTバックを引っ張ってやれば、蜜蜂のようにくびれた腰をくねらせて、発情のフェロモンをむんむんと振りまきだす。

(匂う……匂うぞ……)

浩太郎はくんくんと鼻を鳴らして淫らな芳香を嗅ぎまわしつつ、Tバックを片側に寄せていった。アーモンドピンクの花びらが姿を現し、目の前の光景が一気にいやらしくなる。

「むううっ……」

桃割れに鼻面を突っこんで、舌を差しだした。無我夢中で舐めまわせば、新鮮な蜜がどっとあふれてくる。さらにくなくなと舌を動かし、花びらを左右にぱっくりと開いていく。つやつやと濡れ光る薄桃色の粘膜が恥ずかしげに顔を出せば、舌先を尖らせてヌプヌプと差しこんでやる。

「はぁあああっ……はぁあああっ……」

麻沙美は感じているようで、淫らなまでに身をよじりはじめたが、彼女だけを愛撫しているわけにもいかない。

浩太郎は隣に移動して、玲香の小尻を眺めた。小さいが女らしい丸みを帯びた彼女のヒップは、水色のフルバックパンティに包まれている。生地がやや透けているので、セクシーなムードは充分にあった。それをめくりさげて桃割れに鼻面を突っこみ、花びらを舐めはじめる。

「ああんっ、気持ちいいっ！」

玲香は鼻にかかった甘い声をあげ、スレンダーボディをくねらせた。贅肉がいっさいついていない彼女の背中は、見た目がとても美しい。ねろねろ、ねろねろ、と舌を動かしては、いやらしく波打つ細い背中をむさぼり眺める。

（たまらないな……玲香さん、お尻は小さくても花びらは大ぶりだ……）

くにゃくにゃした花びらをしゃぶりまわしていると脳味噌が沸騰しそうなほど興奮したが、ここでもクンニリングスに没頭できなかった。予想はついたことだが、麻沙美が恨みがましい眼でチラチラとこちらを見てくる。

とはいえ、予想がついたということは、対策も立ててあるということだ。

浩太郎は絨毯に転がっていた大きいほうの電マをつかむと、スイッチをオンにして、むっちりした麻沙美の太腿の間に忍びこませていった。

「はっ、はぁうううううううううーっ！」

耳に届いた麻沙美の嬌声は、クンニを施している玲香のものより大きかった。振動するヘッドで剝きだしの恥丘を直撃してやったので、たまらないようだった。麻沙美は電気ショックを受けたようにトランジスタグラマーなボディを痙攣させ、ひいひいと喉を絞ってよがりによがる。

「玲香さんも……よかったら、これ使ってください」

小さいほうの電マを玲香に渡すと、彼女は早速スイッチを入れ、振動するヘッドをみずからの股間にあてがった。クンニをしながらなので、ブゥーン、ブゥーン、という振動が、浩太郎の舌や唇にも伝わってくる。

「はぁうううーっ！　はぁうううううーっ！」

「はぁあああーっ！　はぁあああああーっ！」

淫らなあえぎ声の競演が始まった。電マの威力はやはり強烈で、ふたりが内腿まで蜜を垂らすのに時間はかからなかった。

浩太郎は麻沙美がすぐにイッてしまわないよう、恥丘にあてているヘッドを時折離していたし、玲香も自分で加減していた。いくら電マが気持ちよくても、やはりフィニッシュには勃起したペニスが欲しいのだ。

（こっちもそろそろ我慢の限界だよ……）

トランジスタグラマーとスレンダーなモデル体形——いずれ劣らぬ扇情的なボディを同時によがらせていて、興奮しない男などいるはずがなかった。

浩太郎は立ちあがって勃起しきったペニスをつかむと、麻沙美の巨尻に腰を寄せていった。亀頭で桃割れをなぞって狙いを定め、ずぶっ、と亀頭を埋めこんでいく。

「はっ、はぁうううううううーっ！」

結合しただけで、麻沙美は肉づきのいいボディをぶるぶると震わせた。どんなに気持ちがよくても電マではイクまい、と我慢していたのかもしれない。ようやく生身のペニスで貫かれた歓喜に、髪を振り乱してあえぎにあえぐ。

そうなると、浩太郎にしても応えないわけにはいかなかった。

蜜蜂のようにくびれた腰を両手でがっちりとつかむと、ピストン運動を開始した。パンパンッ、パンパンッ、と量感あふれる巨尻を打ち鳴らし、いきなりフルピッチの連打を送りこんでいく。

「はぁううううーっ！　はぁううううーっ！　はぁううううーっ」

すぐにでもイキそうな勢いでよがり泣いている麻沙美の股間にはもう、振動する電マのヘッドはあてがわれていなかった。浩太郎が持っていたので、挿入前に放りだしていた。

その一方、自分で自分の股間に電マのヘッドをあてている玲香は、麻沙美にも負けない勢いでよがっている。電マとは本当に便利な代物だった。彼女たちがディスカウントショップでそれを買い求めてくる前の3Pでは、どちらかが拗《す》ねたりふて腐れたりして、気まずい思いをすることも多かったのだ。

「ああっ、イクッ！　もうイッちゃうっ！」

麻沙美が切羽つまった声をあげたので、浩太郎はひときわ激しく突きあげた。パンパンッ、パンパンッ、と巨尻を鳴らし、奥の奥まで亀頭を届かせた。麻沙美の肉穴は、突けば突くほど締まりを増していく。いちばん奥まで突いているつもりでも、さらに奥まで引きずりこまれていくような感覚がある。

「イッ、イクッ！　イクイクイクイクッ！　はっ、はぁおおおおおおーっ！」

獣じみた声をあげて絶頂に達した麻沙美は、浩太郎が腰をつかんでいなければどこかに飛んでいってしまいそうな勢いで体を跳ねさせた。肉穴もぎゅっと締まってペニスから男の精を絞りとろうとしたが、浩太郎は歯を食いしばって射精をこらえた。まだ放出するわけにはいかなかった。

「ああああっ……あふううっ……」

イキきった麻沙美がぐったりすると、ペニスを抜いて隣に移動した。玲香が突きだしている小尻の中心を、勃起しきったペニスで貫いていく。

「はっ、はぁあああああああああああーっ！」

歓喜の悲鳴をあげた玲香は、髪を振り乱してよがりはじめたが、小型の電マを手放さなかった。ブゥーン、ブゥーン、という振動が、ピストン運動を送りこんでいるペニスにも生々しく伝わってくる。

（きっ、気持ちよすぎるだろっ……）

浩太郎は眼もくらむような熱狂に駆られた。麻沙美をイカせた直後、玲香もまたイキそうになっている。自分ひとりが無事でいられるわけもなく、ペニスの芯が疼きだす。玲香がイクのがあと三十秒遅ければ、確実に射精に達していた。

「イッ、イクッ！　もうイッちゃうっ！　イクイクイクイクッ……はっ、はぁあああああああーっ！」

細腰をビクビクと跳ねさせて、玲香はオルガスムスに駆けあがっていった。ピストン運動をとめた浩太郎は、彼女がイキきるのをしっかりと見極めて、はーっと太い息を吐きだした。

5

「……えっ？」

気がつくと、菜々子が身を寄せてきていた。息のかかる距離まで顔を近づけ、恨みがましい眼つきで浩太郎を見つめてくる。

「いつまで待ってればいいんですか？」

浩太郎はにわかに言葉を返せなかった。拗ねている菜々子に気圧《けお》されたわけではなく、彼女が全裸になっていたからだ。

（すっ、すげえっ……）

浩太郎は眼を真ん丸に見開いて見とれてしまった。

裾野はたっぷりしているのに、ツンの上を向いている乳房。乳首の色はなんと薄ピンクで、驚くほどの清らかさだ。腰も女らしくくびれている。そのくせヒップや太腿にはむっちりした量感があって、いやらしすぎるボディラインだ。

股間の茂みはエレガントとしか言い様のない小判形。なによりも、色の白さが眼を惹く。肌色が雪のように真っ白だから、艶やかなストレートの長い黒髪も、薄ピンクの乳首や小判形の草むらも、たまらなく映える。

（パッ、パンスト姿もエロかったけど……）

全裸になった菜々子の破壊力は、その比ではなかった。美しさとセクシーさが矛盾することなくひとつの体を形づくって、さながらエロスの女神である。

浩太郎はまだ、玲香と繋がったままだったが、

「もうこれ以上待てません……」

菜々子が腰を押してきたので、スポンッとペニスが抜けた。

呆気にとられている浩太郎を尻目に、菜々子は足元にしゃがみこむと、ためらうことなくペニスをしゃぶりはじめた。

発情人妻コンビをイカせたばかりの肉棒は、蜜はもちろん、白濁した本気汁まで付着してネトネトに濡れ光っていた。にもかかわらず菜々子は、淫らなまでに舌を踊らせ、熱烈に吸いたててきた。まるで、発情人妻コンビが漏らしたものを、自分の舌で清めるように……。

（うっ、うわあっ……）

浩太郎の両膝はガクガクと震えていた。お掃除にフェラの快感だけが、その原因ではなかった。

超絶美人のフェラ顔は、彼女のヌードよりも破壊力が上かもしれなかった。フェラチオなどしそうもないのに、双頬をべっこり凹《へこ》ませて唇をスライドさせる。鼻の下を

伸ばした滑稽な表情は端整な美貌を台無しにするものだったが、それゆえにたまらなくいやらしい。パンスト姿と同じ理屈で、元が完璧に美しいほうが、それが崩れたときに生じるエロスが強烈なのである。

（これはたまらないっ……眼に焼きつけておかないとっ……）

血走るまなこでペニスを咥えた菜々子の顔を凝視した。頭に手を伸ばし、長い黒髪を撫でてやれば、王様にでもなったような気分である。

「ぅんんっ……ぅんんっ……」

菜々子が鼻息をはずませながら、上眼遣いにこちらを見てきた。せつなげに眉根を寄せ、黒い瞳をねっとりと潤ませて、発情しきっていることを伝えてくる。早く貫いて、という心の声が聞こえてきそうだ。

そうであるなら、期待に応えなくては男がすたるというものだ。

浩太郎は、ここまで射精を我慢しつづけた自分を褒めてやりながら、勃起しきったペニスを菜々子の口唇から引き抜いた。

ソファでは、発情人妻コンビが四つん這いのままオルガスムスの余韻に浸っていた。大人がゆうに四人は座れる広々としたソファなので、菜々子も四つん這いにして、人妻たちの隣に並べる。

（エッ、エロいっ！　エロすぎるだろっ！）

イッたばかりの人妻ふたりに、高嶺の花を合わせて三人、揃って生尻を突きだしている光景は壮観だった。これぞハーレムプレイとしか言い様のない衝撃的ないやらしさで、男なら誰だって涎《よだれ》を垂らして興奮するだろう。

とはいえ、浩太郎の視線は菜々子の尻に釘づけだった。麻沙美ほど大きくはなく、玲香ほど小さくもない、ちょうどいい大きさだった。もぎたての果実を彷彿とさせるほど丸々として、それでいて穢《けが》れを知らないような清らかさがある。見ているだけで、ハアハアと呼吸が荒くなってくる。

浩太郎は勃起しきったペニスを握りしめ、菜々子のヒップに腰を寄せていった。まずは切っ先で桃割れをなぞり、狙いを定めた。先ほど電マで一度イッているからだろう、花園は驚くほどヌルヌルに濡れて、花びらが亀頭に吸いついてきた。まるで、早くちょうだいとねだるように……。

「いっ、いきますよ……」

遠慮がちに声をかけると、菜々子は前を向いたままコクンと小さくうなずいた。いよいよ本懐を遂げるときが来たと、浩太郎は武者震いした。痛いくらいに胸を打っている激しい鼓動が、進軍マーチにも思えてくる。

（いっ、いくぞっ……いっちゃうぞっ……）

大きく息を吸いこみ、菜々子の後ろ姿をまじまじと眺める。バックはいちばん好きな体位だし、彼女から四つん這いになったので他の体位を選べなかったが、顔が見えないのがちょっと悲しかった。

その一方で、ザ・キャリアウーマンが獣じみた格好をしていることに、興奮せずにはいられない。菜々子のような高嶺の花をバックでよがり泣かせることができたら、それに勝る快感はないだろう。

「むううっ……」

腰を前に送りだし、ずぶりっ、と亀頭を埋めこんだ。その時点で、意識が遠くなりそうなほどの感動と興奮が襲いかかってきたが、気を取り直して奥までずぶずぶと入っていく。

菜々子の中はよく濡れて、驚くほど熱くなっていた。締まりも最高で、勃起しきったペニスをしたたかに食い締めてくる。

「ああああっ……」

ペニスを根元まで埋めこむと、菜々子はとめていた息を大きく吐きだした。と同時に、四つん這いの体を淫らがましくよじりはじめた。顔が見えない体位でも、結合した歓喜が伝わってくるようだった。

(そうだよな……待ちに待ってたんだもんな……)

電マで一度イッたあと、菜々子は浩太郎が人妻ふたりとまぐわうところを、指を咥えて眺めていたのである。

一対一のセックスなら、そんなことはあり得ない。しかし、順番待ちで焦らされたことで、性感が高まったという一面もあるかもしれなかった。自分も早く、麻沙美や玲香のようにイキまくりたいた思っていたのではないか？

「くっ、くぅうっ……」

浩太郎が腰を動かしはじめると、菜々子はくぐもった声をもらした。浩太郎は興奮しきっていたが、焦らなかった。

セックスにおいて焦っていいことはなにもないし、菜々子とは初めての結合だった。発情人妻コンビを相手にするときのように、最初からフルスロットルというわけにはいかない。

まずは、ぐりんっ、ぐりんっ、と腰をまわし、肉と肉とを馴染ませていく。肉穴にびっしり詰まった肉ひだを、ほぐすように掻き混ぜてやる。よく濡れているので、掻き混ぜてやると、ずちゅっ、ぐちゅっ、と卑猥な音がたった。

「ああっ、いやっ……いやあああっ……」

菜々子は激しく羞じらったが、すぐに羞じらっていられなくなった。

「あああっ……はぁあああっ……」

浩太郎のグラインドに合わせるように、菜々子も腰をくねらせてくる。浩太郎はその腰をつかんでいたが、いったん離して尻の双丘に両手を置いた。女らしい丸みを手のひらで吸いとるように撫でまわしつつ、ぐりんっ、ぐりんっ、と腰をまわす。菜々子も腰をくねらせるので、摩擦感がじわじわと強くなっていく。

「腰が動いてますよ、先輩」

うっかり軽口をささやいてしまう。

「いっ、言わないでっ……」

ひどく恥ずかしそうな菜々子の口調が興奮を誘い、

「すげえいやらしい動き方ですよ」

言葉責めめいたこともまで口にする。

「勝手に動いちゃうんだから、わたしのせいじゃありません」

菜々子はいやいやと首を振った。しかし、浩太郎がグラインドのピッチをあげていくと、さらにいやらしく腰を動かしてきた。

「気持ちがいいから腰が動いちゃうんですか？」

菜々子はしばらく反応しなかったが、やがて黙ったままコクンとうなずいた。

「オマンコ、気持ちいいですか？」

スルーされたので、よけいなことを言うんじゃなかったと反省した。発情人妻コンビとのただれたセックスに溺れていたおかげで、口が悪くなってしまったのかもしれない。

（よーしそれじゃあ、いよいよ本格的に……）

浩太郎は気を取り直すと、淫らにくねっている菜々子の腰を両手でがっちりとつかみ、腰の動きを変化させた。グラインドをやめて、抜き差しを始めた。まずはゆっくりと抜いて、ゆっくりと入れ直していく。次第にピッチをあげていき、ずんずんっ、ずんずんっ、と連打を放つ。

「あぁあああーっ！　はぁああああーっ！　はぁああああああーっ！」

菜々子が甲高い声をあげてよがりはじめる。電マ攻撃は例外として、いきなりあえぎ声などあげないタイプに思えたから意外だった。まだピストン運動を始めたばかりだというのに、麻沙美や玲香にも負けないくらいの声量で、あんあん、ひいひい、あえいでいる。

最初の体位がバックでよかったのかもしれない。

セックスに慣れない女は、顔を見られない体位のほうが行為に集中しやすいというコラムを、ネットのエロサイトで読んだばかりだった。菜々子の綺麗な顔が喜悦に歪むところを見ないわけにはいかないが、急いては事をし損じる。バックである程度盛りあがってから、正常位に体位を変えればいい。

だが……。

そんな浩太郎の目論見《もくろみ》は、もろくも崩れ去った。パンパンッ、パンパンッ、と菜々子の尻を鳴らし、軽快に腰を動かしていると、

「ずいぶんやさしくしてるじゃない？」

麻沙美がこちらを見て言い、立ちあがって近づいてきた。

「そうそう……」

玲香も麻沙美に続く。

「わたしたちのことは電マを使ってすぐイカせたくせに、菜々子ちゃんとはじっくり愛しあいたいわけね？」

「4Pしてるのに、どうして菜々子ちゃんとだけ、熱ーいメイクラブみたいなことしてるのよ？」

「いっ、いや、そのっ……決してそういうわけじゃ……」

浩太郎はしどろもどろになってしまった。もちろん、図星を突かれたからである。麻沙美と玲香は電マを使ってでも早くイカせたかったし、菜々子とのファーストセックスは大事にしたかった。間違っても卑猥な小道具など使いたくなかった。

「嘘ばっかり」

「贔屓《ひいき》、贔屓」

「女がいちばん嫌いなのは贔屓だって、あんたもう社会人のくせに知らないの？」

「若くて可愛い新入社員を贔屓した上司の末路とか悲惨よー。奥さんに不倫を密告されたりして」

「贔屓なんてしてませんから！」

浩太郎は必死の形相で反論した。

「ただ、先輩とするのは初めてだから、ちょっとは丁寧にしたほうがいいかと……」

「それを贔屓っていうのよ！」

麻沙美が眼を吊りあげ、四つん這いになっている菜々子の肩をつかんだ。阿吽《あうん》の呼吸で、玲香が反対側の肩をつかむ。

「ちょっ……まっ……なにをするんですか？」

浩太郎は焦った声をあげたが、麻沙美と玲香はおかまいなしに菜々子の上体を起こしていく。

「はーい、ゆっくりあお向けになりましょうねえ」

「ほら！　浩ちゃんも上向いて横になりなさい」

結合したまま、強引に体位を変えられた。あお向けになった浩太郎の上に菜々子が乗っている、背面騎乗位だ。しかも、ただの背面騎乗位ではなかった。

「ほらほら、菜々子ちゃん、脚をひろげなさい」

「そのまま体を反らして、後ろに手をつくの。そうそう、そんな感じ」

菜々子は両脚を大きくひろげて、のけぞる格好になった。アクロバティックにして、いやらしすぎる体位だった。

（こっ、これはやばいだろっ……やばすぎるっ……）

ＡＶではよく見かける体位であり、女のアヘ顔と結合部が同時に見られるから、浩太郎もそのシーンで抜くことが少なくない。自分が下になっていると菜々子の顔も結合部も見られないのがちょっぴり残念だったが、そんなことを言っている場合ではなかった。

ＡＶでよく見かけるということはつまり、ユーザーに見せるための体位ということだろう。こんな体勢で腰を使うのなんて、技巧に長《た》けたＡＶ女優でなければ不可能ではないか？

「むっ、無理ですよ、こんな体位。先輩が可哀相じゃないですか」

浩太郎は抗議したが、麻沙美と玲香はきっぱりと無視して、結合部をまじまじとのぞきこんできた。

「やだー、繋がってるところ丸見え」

「美人ってオマンコまで綺麗なのね、感心しちゃう」

「でも、オチンチンずっぽり咥えこんで、エロすぎよ」

「びらびらがピカピカ光ってるもんねえ。顔に似合わずスケベなオマンコ」

ふたりがかりの言葉責めに耐えかねた菜々子は、

「見ないでっ！　見ないでくださいっ！」

涙声をあげて訴えたが、両脚を閉じることはできなかった。麻沙美と玲香に押さえられていたし、不安定な体勢なので無理に動くと転げ落ちてしまうからだ。

「贔屓にならないように、わたしたちと同じことしてあげる」

麻沙美が大きいほうの電マをつかむと、

「スペシャルサービスで二本責め」

玲香が小さいほうの電マを手にした。

「やっ、やめてっ……許してくださいっ……それはっ……それだけはっ……」

菜々子の声は気の毒なくらいこわばっていた。先ほど一度イカされているので、彼女は電マの威力を知っている。しかも、今回はパンティもストッキングも穿いていないうえ、ペニスまで挿入されているのだ。そんな状態で二本の電マに性感帯を刺激されたらどうなるか、想像もつかないに違いない。

「遠慮することないわよ、気持ちいいから」

「まあ、すぐイッちゃうでしょうけどね」

ブゥーン、ブゥーン、という電マの振動音が聞こえてきた次の瞬間、

「はっ、はぁうううううううううーっ！」

絹を切り裂くような悲鳴がリビング中に響き渡り、菜々子が倒れこんできた。両手を後ろについて体を支えていたのだが、電マの刺激に大きくのけぞり、彼女の背中と浩太郎の胸がぴったりと密着する格好になった。

「だっ、大丈夫ですか？」

浩太郎は反射的に後ろから抱きしめたが、菜々子はひいひいとあえぐばかりで言葉を返すことができない。

「大丈夫ですか、先輩っ！　菜々子先輩っ！」

言いつつも、浩太郎の体は、心配している気持ちとは正反対の方向に動いた。

倒れこんできた菜々子をバックハグしている都合上、両手はふたつの胸のふくらみをつかんでいる。そのたまらない丸みと柔らかさに、ぐいぐいと指を動かして揉みしだいてしまう。手指に吸いついてくるようなもっちりした感触のとりこになり、いやらしいくらいねちっこく愛撫してしまう。

そのせいもあるのかどうか、菜々子の反応が変わった。最初は電マの刺激に悲鳴をあげていただけだったが、腰を動かしはじめたのだ。勃起しきったペニスを深く咥えこんだまま、ヒップをゆらゆら揺らすような遠慮がちな動きだったが、彼女はたしかに反応していた。

「やだー、菜々子ちゃんのオマンコ、本気汁を出してるわよ」

「浩ちゃんのオチンチン、もう白い液でネトネト……すごいエッチ」

　浩太郎から結合部は見えなくても、発情人妻コンビが赤裸々な実況をするので、激しく興奮した。菜々子のような高嶺の花に本気汁を出させているなんて、男にとってこれ以上誇らしいことはない。

（まあ、電マのおかげだけど……）

　ブゥーン、ブゥーン、と唸りをあげている電マの振動は、勃起しきったペニスにまで伝わってきた。人間の愛撫では到達できない刺激に勃起はますます勢いを増し、乳房を揉みしだく手指にも熱がこもる。たわわに実った乳肉だけではなく、左右の乳首までつまんで、指の間で押しつぶす。

「はぁあああああーっ！　はぁああああああーっ！」

　菜々子が喉を突きだしてのけぞったので、顔と顔とがほとんど並ぶような体勢になった。端整な美貌が生々しいピンク色に染まっている様子がエロティックだった。耳まで綺麗な桜色に染まっていたので、思わずねろねろ舐めてしまう。

「ううう……うあああっ……」

　菜々子はいまにも泣きだしそうな顔を向けてくると、唇を重ねてきた。お互いに舌を差しだし、ねちゃねちゃと音をたててからめあうと、顔の下半分があっという間に唾液にまみれた。

（たっ、たまらないっ……たまらないよっ……）

いまこのとき、浩太郎と菜々子はたしかに、ひとつに結ばれていた。

麻沙美や玲香とのセックスでは、快感はあってもひとつになっている実感までは覚えなかった。

からめあっている舌、揉みしだいている乳房、ペニスで貫いている肉穴、そして汗が噴きだしてヌルヌルとすべっている素肌と素肌——そのすべてから、蕩《とろ》けるような快感があふれでている。たとえようもないほどの肉の悦びによって、ふたりの人間がまじりあっていく。

「ダッ、ダメッ……もうダメッ……」

菜々子が怯えきった眼をこちらに向け、小刻みに首を振った。

怯えきった表情をしているのに、どういうわけか欲情がまざまざと伝わってくる。いまにも白眼を剝きそうな眼つきや赤く染まった小鼻がいやらしすぎて、息を呑まずにいられない。

（せっ、先輩、イキそうなんだな……セックスで初めて……）

ならば、と浩太郎は腰を動かしはじめた。女が開脚しての背面騎乗位という不安定な体勢ではあるが、いまはしっかりと後ろから抱きしめている。対面騎乗位では下から突くことができるのだから、背面でできない道理はないはずだ。

「はっ、はぁおおおおおおおーっ！」

ずんずんっ、ずんずんっ、と下から突きあげてやると、菜々子は獣じみた声をあげてジタバタと暴れだした。浩太郎はバックハグに力を込め、ついでに双乳を揉みくちゃにしながら、ずんずんっ、ずんずんっ、と連打を放つ。

（先輩っ！　先輩いいいいいーっ！）

菜々子のことが好きだった。心から大好きだった。いま味わっている尋常ではない一体感はきっとそのせいに違いないと伝えたかったが、この状況でそんなことはできない。

言葉で好きだと伝えるかわりに、ペニスに想いをのせて突きあげた。菜々子はもう、人生初の中イキ目前。このままイケとばかりに、突いて突いて突きまくる。いちばん奥まで突きあげる渾身のストロークで、菜々子をよがりによがらせる。

「ああああっ、いやっ！　いやいやいやいやいやっ……イッ、イッちゃうっ……そんなにしたら菜々子、イッちゃいますっ……イクイクイクイクッ……はぁおおおおおおおーっ！」

ビクンッ、ビクンッ、と腰を跳ねあげて、菜々子はオルガスムスに駆けあがっていった。体中の肉という肉をぶるぶると痙攣させて、生まれて初めて味わう中イキの衝撃を噛みしめる。開脚しての背面騎乗位というあられもない格好をしているのに、長い黒髪を振り乱し、双乳を揺れはずませて、淫らな喜悦に溺れていく。

(やっ、やったっ！　やったぞっ……)

すさまじい達成感と満足感がこみあげてきたが、浩太郎にも限界が迫っていた。

ゴムを着けていない生挿入なので、膣外射精をする必要があった。菜々子のヒップをつかんで持ちあげようとしたが、彼女があまりに激しく腰を跳ねさせるので、都合よくスポンッとペニスが抜けた。

とはいえ、菜々子が上に乗っていることには変わりなく、ひいひい言いながら全身を痙攣させている彼女の体を押しのけるのは、さすがに気の毒だった。差し迫る射精欲にいても立ってもいられない状態だったが、やり過ごすしかないかもしれないと諦めた瞬間だった。

「おおうっ！」

ペニスに衝撃が走り、浩太郎はしたたかにのけぞった。麻沙美と玲香の仕業に違いなかったが、しごかれたわけではない。ブゥーン、ブゥーン、と振動する電マのヘッドが、直接ペニスに押しつけられたのだ。しかも、大小の二本……。

「あっ、麻沙美さん、しごいてっ！　電マじゃなくて手でしごいてっ！　玲香さんでもいいから電マはやめてっ！　やめてくれえええええーっ！」

強烈すぎる刺激に悲鳴をあげつつも、射精寸前だったペニスはビクビクと暴れている。睾丸が体の内側にめりこむくらいに迫りあがり、爆発のときを待っている。めくるめく快楽の波にさらわれて、浩太郎は息もできない。

「みんな電マでイッたんだからあんたもイキなさい」

「そーよう。それが贔屓なしの平等ですからねー」

麻沙美と玲香が容赦なくペニスに振動を送りこんできたので、

「でっ、出るっ！　もう出るっ！」

浩太郎は身をよじりながら白眼を剝きそうになった。

「おおおっ、出るっ……出る出る出るっ……おおおおおーっ！　ぬおおおおおおおおおーっ！」

限界まで腰を反らせた瞬間、ドクンッという衝撃が訪れた。勃起しきったペニスの中心に灼熱が走り抜け、痺れるような快感が体の芯まで響いてきた。

麻沙美と玲香が振動するヘッドをペニスから離してくれないので、いつもよりもずっと放出の間隔が短く、たたみかけるように喜悦が全身を打ちのめしてきた。耐えがたいほどの快感を耐えるため、菜々子をぎゅっと強く抱きしめた。

「おおおおおっ……おおおおおっ……」

「はぁあああっ……はぁあああっ……」

淫らに歪んだ声を重ねあわせて、身をよじりあった。浩太郎が最後の一滴を漏らしおえるのとほぼ同時に、菜々子が絶頂のピークからおりてきた。ハアハアと激しくはずむ吐息をぶつけあい、見つめあった。お互いしばらく呼吸は整いそうもなかったが、吸い寄せられるように唇を重ね、舌をからめあった。

エピローグ

新緑の五月が訪れると、麻沙美と玲香は大久保の家から出ていった。

ふたりとも夫の待つ家に戻ることになったのだ。

なにが原因か知らないが麻沙美は夫に対してカンカンに怒っていたし、玲香は意地悪な姑とセックスレスな夫を思って泣きじゃくっていたのに、いったいどういう心境の変化だろうと、浩太郎は不思議でしようがなかった。

「まあねえ、あんな男でも一度は神様の前で永遠の愛を誓ったわけだしさ……」

麻沙美は遠い眼で言っていた。

「また一から恋愛して、一から家庭をつくるっていうのも面倒じゃない？　いけないことしてすっかり羽を伸ばしたことだし、許してあげてもいいかなって」

「そうよねえ。離婚してずっと独り身でいるならともかく、やっぱり気心が知れた生涯のパートナーは必要だしね。これから新しい相手を探して、人間関係を築くのは大変そう」

玲香もしみじみとした口調で麻沙美に同意した。

「それに、夫がセックスしてくれなくても、もう大丈夫だしね。わたしには電マがある。電マさえあれば一分でイケる」

「十秒でしょ」

麻沙美と玲香は、眼を見合わせて笑った。複数プレイで羽目をはずしまくったおかげだろうか、ふたりとも憑きものが落ちたような顔をしていた。

もっとも麻沙美の場合、セラーに入っていたヴィンテージワインを全部飲んでしまったから、もうこの家に用はないのかもしれない。

（まったく、伯父さんになんて言って謝ればいいんだよ……）

それを考えると憂鬱になるしかない浩太郎だったが、それを差し引いてもお釣りがくるくらいいいこともあった。

麻沙美と玲香がいなくなっても、浩太郎はひとり暮らしには戻らなかった。

菜々子が居ついてしまったからである。

家出の延長ではなく、ヤリチン浮気野郎と同棲していた部屋から荷物を運びこみ、本格的に暮らしはじめている。

（まったく信じられないよな。僕みたいななんの取り柄もない男が、菜々子先輩っていう高嶺の花と……）

浩太郎はまだ、菜々子を好きだという気持ちを彼女に伝えていなかった。しかし、好きだと言葉で伝えるかわりに、毎晩のようにセックスしている。

「セックスってすごいね。なんだかわたし、すればするほど気持ちよくなっていくみたい……」

菜々子はまるで口癖のように、ピロートークでそんなことをささやいてくる。

いまでは電マがなくても中イキできるし、それも浩太郎が一度射精するまでに、何度でも絶頂に達する。続けざまに三回くらいイクことまであるから、「すればするほど気持ちよくなっていく」という言葉に嘘はないはずだ。

イキ方も激しくなっていくばかりだ。スタイル抜群の彼女が全身を汗ばませ、端整な美貌をくしゃくしゃにしてオルガスムスに駆けあがっていく姿は、この世のものとは思えないほどいやらしい。浩太郎にしても、菜々子とセックスすればするほど気持ちよくなっていく実感がある。

（ま、あとは仕事を頑張ることだな……）

理想の恋人を獲得できたのだから、東京中のデートスポットをまわって都会暮らしを満喫したいのは山々だった。それが上京してきた浩太郎の最大の目的であり、夢だったからだ。

とはいえ、同棲していればそのうち自然と結婚話も出てくるだろう。

美しい菜々子が純白のウエディングドレスに身を包み、ヴァージンロードを歩いてくる――そんなシーンを想像するだけでドキドキしてしまうし、ぜひとも実現させたい新しい夢ができた。

しかし、新婦が営業部の次期エースなのに、新郎がポンコツでは格好がつかないだろう。入社するまで化粧品にはさして興味もなかったけれど、いまでは猛勉強して一歩でも菜々子に近づこうと奮闘努力の真っ只中だ。

そうはいっても世の中はままならないもので、帰宅後じっくりビジネス書を読もうとしても、かならず邪魔が入るのが実情だ。

「ねえねえ、浩太郎くん。今日新宿のデパートに寄ったら、とってもエッチなランジェリー見つけて買ってきたんだけど、見てみたい？」

「えっ？　ああ……うん……」

セックスに開眼した菜々子は、以前よりぐっと色気が出て、やたらときわどい下着を集めるようになっていた。

顔も綺麗ならスタイルも抜群の菜々子が、スケスケ素材やTフロントのセクシーランジェリーを身に着ければ、押し倒さないわけにはいかず、押し倒せば深夜までセックスが続くので、じっくり読書する時間はなくなる。

(要するに、先輩の本性も、麻沙美さんや玲香さんとさして変わらないわけか……)

菜々子の誘いに鼻の下を伸ばしつつも、これ以上スケベにならないでくれと祈るしかない浩太郎だった。

（了）

長編小説

わが家《や》は淫《みだ》ら妻《づま》の溜《た》まり場《ば》

草凪《くさなぎ》 優《ゆう》

2025年4月7日　初版第一刷発行

カバーデザイン……………………………… 小林こうじ

発行所……………………………………… 株式会社竹書房

〒102-0075　東京都千代田区三番町８－１
三番町東急ビル６Ｆ
email：info@takeshobo.co.jp
https://www.takeshobo.co.jp

印刷・製本……………………… 中央精版印刷株式会社

■定価はカバーに表示してあります。
■本書掲載の写真、イラスト、記事の無断転載を禁じます。
■落丁・乱丁があった場合は、furyo@takeshobo.co.jp までメール
にてお問い合わせ下さい。
■本書は品質保持のため、予告なく変更や訂正を加える場合があり
ます。
